La semilla de los caracoles

Mendoza, David
    La semilla de los caracoles. - 1a ed. -
Buenos Aires: Deauno.com, 2007.
    226 p.; 21x15 cm.

    ISBN 978-950-9036-81-9

    1. Narrativa Española. 2. Novela. I. Título
CDD E863

contacto@elaleph.com
http://www.elaleph.com

Primera edición

ISBN 978-950-9036-81-9

Hecho el depósito que marca la Ley 11.723

Impreso en el mes de agosto de 2007 en
Bibliográfika, Elcano 4048,
Buenos Aires, Argentina.

David Mendoza

La semilla
de los caracoles

deauno.com

A Mariajo con cariño,
por lo mucho que me ha apoyado
en todos los sentidos,
por su confianza depositada en mí,
por su amor eterno

CAPÍTULO I
EL TREN Y LAS BIBLIOTECAS

Aquella mañana ya avecinaba algo trágico cuando las nubes se tiñeron de un gris perla muy intenso. Era muy temprano y la gente aún no había tomado las calles. Yo sin embargo, me encontraba sentado en un segundo vagón de un tren de cercanías, detenido en la estación del pueblo donde vivía estos últimos años. Debía viajar a la gran ciudad a realizar unas breves gestiones, papeleo que tanto he odiado a lo largo de mi vida. La verdad es que creo que a muy pocas personas les gustan estas labores burocráticas. En el tren se respiraba un inquietante aire de silencio. Ni siquiera sonaba el hilo musical característico de los mismos. Se avecinaba algo malo, pensé. Por lo general, las mañanas grises siempre teñían de tristeza algunos hogares, por los más diversos motivos que el destino imagina en su infinita sabiduría. Y en ese aspecto, tras salir de una grave lesión me preguntaba qué sería de mí si dejara de existir en estos momentos. Tendría una segunda oportunidad en alguna remota nueva existencia. Esos pensamientos me comían el alma cada día, envuelto en un pánico despiadado que ninguna noche me dejaba dormir. Qué podía hacer con mi vida me preguntaba una y otra vez hasta que decidí sacarle fruto a mi carrera. Me animé por escribir un libro, una investigación sobre la existencia de las bibliotecas durante el Renacimiento, pues era licenciado en historia y ese tema me llamaba mucho la atención. Ese era parte del motivo de mi viaje, pues tras el papeleo inicial debía presentar mi obra en la universidad donde estudié. Debía promocionarla antes de que saliese a la venta y ver si tendría éxito ante los nuevos alumnos de hoy día y sobre todo, ante los viejos profesores de antaño.

Poco a poco la gente comenzaba a subir al tren, ubicándose a lo largo de los tres vagones que lo componían. Los pájaros se iban despertando y cantaban desde sus nidos, sintiendo demasiado frío para revolotear aún en busca de alimentos. Desde la ventana que daba a mi asiento, vi deslizarse un caracol con bastante trabajo. Su existencia era mísera, y cuando empezara a moverse el tren no resistiría mucho pegado a la ventana y caería sin remedio, aunque su suerte vendría protegida por el duro caparazón que a cuesta sujetaba. Una pequeña alarma sonó indicando el cierre de las puertas. Era el preámbulo del inicio del viaje. Luego comenzó a moverse el tren muy lentamente. Yo me acomodé y cerré los ojos un instante para relajarme durante el viaje cuando de repente noté que el móvil que guardaba en el bolsillo de mi pantalón comenzaba a vibrar. Luego sonó la melodía que tenía predeterminada. No me imaginaba quién podría ser a esas horas. Contesté al mismo con suma rapidez y nadie intercambió conversación conmigo. Un mudo silencio desprendía el auricular de mi aparato. Pensé que se habría equivocado o que sería una de esas llamadas de publicidad absurda de las indeseables y estafadoras compañías telefónicas ya que en la pantalla del móvil reflejaba las palabras *"número privado"*. Así que presioné el botón de colgar y no le di más importancia, guardándolo de nuevo en el bolsillo de mi pantalón. Pensé, eso sí, que podría ser algún tipo de virus, por lo que decidí no coger ninguna nueva llamada de ese tipo.

El tren llevaba ya una buena velocidad y había recorrido varios kilómetros cuando, por sorpresa mía, me percaté del caracol que aún no se había desprendido del cristal y a duras penas permanecía pegado al mismo. Dejé de mirarlo y de nuevo cerré los ojos pensando en mi ambicioso deseo de buscar la inmortalidad en esta vida, es decir, darle un sentido a mi existencia, aportar mi granito de arena a la eterna historia de este mundo, y por ello había decidido escribir esta gran obra. Pensé que de esta forma, mi nombre permanecería a lo largo de los tiempos, por encima de las guerras y de las catástrofes, manteniendo viva mi memoria. Era un sueño muy ambicioso. De nuevo sonó mi móvil y me apresuré a cogerlo para ver quien llamaba. En la pantalla del mismo observé un número extraño, compuesto de numerosas cifras, como si desde el extranjero me llamase. Contesté de la misma forma que lo había hecho unos minutos antes, y esta vez oí susurrar mi nombre. Era una voz extraña, de apariencia anciana, de sexo femenino o eso me pareció. Pronunció mi nombre una sola vez y luego permaneció en silencio. Yo le pregunté quién era. Creí que la cobertura interfería en la llamada no dejándome oír con claridad lo que me decía. De nuevo oí mi nombre y me dijo que abriese los ojos en mi vida. Luego se cortó la comunicación por completo. No entendía nada, no sabía qué quería decir con aquellas palabras. Esta vez mantuve el móvil en mi mano por si me volvía a llamar. No dejaba de darle vueltas a la cabeza, intentando sacar un significado a esas extrañas palabras. Mi suposición de que los días grises no traían nada bueno parecía que se estaba cumpliendo. Tan sólo esperaba que lo que se avecinara no tuviese que ver nada conmigo ni con mis seres queridos. Miré de nuevo por la ventana y vi que el caracol, para mi sorpresa, había entrado en el habitáculo, que se suponía estanco.

Busqué algún hueco por donde pudiera haber entrado y a simple vista no encontré ninguno. Pasé las manos por las paredes adyacente del vagón, entre el hueco de los asientos donde me encontraba y los que le sucedían, para ver si notaba la entrada de aire aunque no obtuve resultados positivos. Pensé que podría haber sido algún tipo de ilusión óptica mía, fruto de mi adormecimiento, siendo lo más seguro que el caracol se encontrase en el interior del mismo y por ello dejé de darle vueltas a tan insignificante evento.

El tren llegó a su destino y se detuvo en la impresionante estación de la ciudad. Ya había estado en ella días atrás, pero aún me fascinaba aquella estructura faraónica. Su diseño era futurista, como sacada de una novela de ciencia ficción, con cúpulas de cristal y metal de enorme tamaño, con numerosas vías y andenes donde no cesaban de llegar cercanías, regionales o trenes de largo recorrido. En aquél lugar la multitud lo abarcaba todo, desde las escaleras mecánicas que soportaban a duras penas tan magna cantidad de personas, hasta los ascensores, los bares e incluso las tiendas de moda o revistas que en el interior abrían sus puertas desde muy temprano aprovechando las prisas de la gente que no se detenían a mirar los elevados precios. Todo un sub-mundo que me hacían parecer como si viajase a otra era. Me hacían sentir una hormiga en el enorme hormiguero que se erigía en aquella bella ciudad. Bajé del tren aún pensando en aquellas palabras de la llamada. Le daba vueltas y vueltas, reflexionando sobre lo que podría significar, tal vez, y lo más seguro, era que fuese un error de los que se han dado muchos casos aunque pareciese extraño, donde tan solo pulsando mal algún número del teléfono al que se deseaba llamar y aparecía al otro lado de la línea una persona que curiosamente se llamaba igual que la que se buscaba. Un mal entendido que demostraba la existencia de una remota casualidad entre un millón de posibilidades. Aunque también podría ser una broma de mis amigos, aunque no sabía decir el motivo de la misma ya que últimamente no les había hecho ninguna jugarreta y apenas había salido de casa, estando tan ocupado en la elaboración de esta obra y en las meditaciones que no me dejaban dormir ni por muy cansado que estuviese. Salí de la estación y me dirigí a la universidad donde cursé mis estudios. Estaba a unos quince minutos de la estación, y aquél camino me trajo recuerdos de antaño, de mi época estudiantil, pues aquella universidad marcó mucho mi vida en todos los terrenos. Por un momento, mientras me encontraba caminando entre las grandes avenidas envueltas en el bullicio de cientos de coches, pitidos, acelerones indeseados, frenazos obligados o música elevada, olvidé lo que me había sucedido instantes anteriores en el vagón del tren. Lentamente veía en el horizonte como aparecía la silueta del edificio del siglo XIX donde se ubicaba la universidad. Sus grandes sillares anaranjados reforzaban las esquinas de la misma. Su entrada principal, de enorme envergadura y franqueada por columnas de estilo barroco, le daban aún un aspecto más impresionante. Estaba decorada con gárgolas y estatuas de diversos tipos, de motivos tan extraños como anacrónicos. La verdad era que impresionaba aún más en aquél día gris. Todo el edificio, que sirvió de fábrica de tabaco durante buena parte de su existencia, estaba rodeado por un foso antiguo de varios metros de ancho y otros tantos de profundidad, lleno de basura por desgracia y cruzado por un puente de piedra. En realidad, y visto desde la altura, el edificio tenía planta rectangular, con cuatro entradas de igual tamaño, con el foso que lo rodeaba en tres cuartas partes del mismo, ya que la parte por donde no era apreciable el foso pasaba la nueva construcción del tranvía moderno, también de aspecto futurista. De eso me sorprendí porque cuando comencé la carrera, allá por mediado de los noventa, aquél lugar era una amplia avenida con tres carriles hacia un sentido y un cuarto destinado al tráfico de autobuses y taxis en sentido contrario. Las cosas habían cambiado mucho en relativamente poco tiempo.

Me encontraba algo nervioso ya que no había realizado ninguna presentación de este tipo, si de pequeños ensayos o relatos cortos, pero no de esta magnitud y menos en la universidad donde había estudiado. Me prestaban un aula de no muy grandes dimensiones, con un pequeño retablo junto a la pizarra. Era un ambiente que temía demasiado y que había vivido durante gran parte de mi vida. Aún recuerdo de pequeño, cuando cursaba primaria en un colegio de mi pueblo y me sacaban a la *"palestra"*, como le decíamos los niños de entonces, para hacer los deberes frente a la mirada de todos y el temor de equivocarme. ¡Qué tiempos que por suerte ya pasaron! Y ahora me iba a encontrar yo en aquella situación, dando una charla sobre algo que había investigado y que muchos de los asistentes tan sólo asistan por conseguir esos tan ansiados créditos de libre configuración para añadir a sus carreras en particular, y cosa de la que yo por supuesto no me iba a negar en firmar ya que había pasado por lo mismo tan solo unos años antes. Tan sólo rezaba por que no me hicieran muchas preguntas.

Cuando llegué a la entrada del edificio me detuve, la contemplé con esmero en todo su esplendor y me marché. Debía hacer tiempo, ya que había llegado muy temprano, y decidí tomar un café en el bar que solía frecuentar en frente de la misma, y en el que tanto tiempo había pasado llegando incluso a estudiar o escribir junto a un calentito y oloroso buen café con leche. En aquél lugar me sentía a gusto y casi siempre me sentaba en el mismo sitio, en un rinconcito donde apenas me molestaba la gente. Era un pequeño local donde la barra se ubicaba a la izquierda de la entrada y cogía todo lo largo del local. Al fondo se abría una habitación algo más ancha donde había mesas y sillas para los almuerzos, ya que cerraba por la tarde y no se podía cenar en él. Fuera del mismo tenía una terraza donde colocaban también varias mesas y sillas de plástico y donde se podía disfrutar del sol y de la buena temperatura que por lo general hacía en aquella región, aunque aquella mañana aún permanecía gris y melancólica. En el mismo encontré al viejo camarero que no veía desde hacía bastante tiempo y le saludé. Me preguntó qué había sido de mi vida, de mi carrera. Le contesté cómo me había ido todo y los proyectos que tenía. Después de reírnos un poco al recordar los viejos tiempos, me senté en el mismo sitio que permanecía libre y que tanto me gustaba, junto a mi café con leche, sacando del pantalón una chuleta de lo que tenía que hablar en la conferencia, para repasarla antes de la misma. Parecía como si de un examen se tratase, salvo que esta vez el profesor era yo. De todas formas, los nervios no los iba a calmar con nada.

En apenas quince minutos me bebí el café, repasé la chuleta y me despedí de aquél amable hombre para salir del bar y dirigirme esta vez hasta el aula donde me esperaban para realizar este evento. Allí debía recoger unas cajas que contenían los libros, de los cuales disponía de varios ejemplares para regalar a quien yo quisiese, y el resto para venderlos. La secretaria del centro se iba a encargar de ubicar en la sala un punto de venta de los libros, así como de llevar varias botellas pequeñas de agua para refrescarme la garganta durante la charla. Sin demorarme ni un minuto más, llegué hasta la consejería de la universidad donde me entrevisté con el conserje, un hombre de mediana edad, de aspecto serio y de cabellos negros aunque con grandes entradas, que me presentó a la secretaria con la que hablé del evento. Era una joven delgada, de lindo semblante y de cabellos castaños, más bien negros. Sus ojos eran claros tirando para el verde, y sus mejillas sonrosadas embellecían su aspecto decorado con una bella sonrisa alegre. Me dijo su nombre, Laura, y yo me presenté. Luego concretamos el acto en breves palabras que me tranquilizaban desprendiéndome su confianza. Por un momento creí ver en ella a un ángel, pero desperté del ensimismado sueño en el que me encontraba y atendí a mis deberes. La secretaria de la época de cuando yo estudiaba allí era una mujer mayor, corpulenta y muy amable también. Ahora merecía la pena acudir a secretaría para consultar cualquier cosa.

En pocos minutos fueron apareciendo los alumnos y profesores que asistirían a mi charla. Yo pasé a ocupar mi puesto, sentado en la mesa del profesor esperaba que todos se sentasen. Mi sorpresa fue mayúscula cuando el aula se llenó por completo. Los pupitres estaban llenos, y tuvieron que improvisar asientos en las propias mesas. También trajeron sillas de otras clases cercanas. Por dentro una sonrisa de satisfacción quería explotar en júbilo, pero los nervios del momento no lo permitían. Debía de mantener la compostura. En breve todos se sentaron en silencio deseando que comenzara la exposición. Laura, la secretaria, hizo de interlocutora, abriendo la sesión presentándome al público, exponiendo un resumen de lo que hablaría y pidiendo respeto a la audición, señalando que tras la misma, se firmarían los créditos de libre configuración a quien los solicitase. Sin más demora, me levanté y me dirigí hacia la pizarra. Las piernas me temblaban al igual que el habla. Tras el saludo inicial comencé hablando de las bibliotecas italianas, señalando en primer lugar que en el siglo XV se extendía por Europa el Renacimiento. Coincidió con una intensa vida urbana que permitió un gran desarrollo de las letras y el libro, adquiriendo una gran lozanía las literaturas que se expresaban en las lenguas vernáculas. Por ello algún escritor recomendaba las obras en lengua *volgare* como apropiadas para ser leídas a mujeres y niños en un largo atardecer de invierno; sin embargo, no merecían el honor de figurar en la biblioteca de un *litteratus*.

Era además el momento dorado de las bibliotecas privadas. Era el signo de la importancia cultural.

El primer paso ya lo había dado, logrando captar la atención de todos. Luego continué mencionando a la bibliofilia que tenía una doble dirección. Por un lado, se orientaba a los manuscritos bellos y ricamente presentados, en una vitela fina, grata al tacto y flexibles, con una cuidadosa caligrafía, con ilustraciones abundantes hechas por grandes artistas, en las que no faltaban los escudos y armas de los dueños, que también se grababan en las nobles encuadernaciones. Eran una muestra del buen gusto y de la riqueza de los que los encargaban, así como un signo de distinción social. El adelantado de todos esos bibliófilos, señalé, fue el poeta Petrarca quien reunió la biblioteca privada más importante de su tiempo. Su discípulo y admirador Boccaccio descubrió en Montecasino, y de allí sustrajo, unos manuscritos con obras desconocidas de Tito Livio y de Varrón. Una gran biblioteca, con cerca de un millar de volúmenes formó Coluccio Salutati, canciller de Florencia durante muchos años. En cambio, apenas llegó a la centena la de Poggio Bracciolini. Mencioné que Florencia fue el foco más importante del Renacimiento porque en esta ciudad se dieron circunstancias favorables. Entre las familias que hicieron poderosas esta riqueza y que mejor la utilizaron en fines artísticos, destaca la de los Medici. El jefe de la familia, Cosimo el Viejo, tuvo como consejero para sus aficiones bibliográficas a Niccolo Niccoli, tan aficionado a las obras antiguas que lleó a reunir ochocientos volúmenes. La colección pasó a su muerte a Cosimo de Medici, que se hizo cargo de las deudas del humanista e instaló los libros en una sala, cuyo trazado había encargado a Michelozzo, en el convento de San Marcos. La sala tenía tres naves, separadas por dos filas de columnas, y en cada una de las naves laterales estaban los libros dispuestos en treinta y dos estanterías, perpendiculares a las paredes laterales en cada una.

Cosimo creó, además, otras dos bibliotecas: la de San Jorge el Mayor en Venecia y la Abadía de Fiésole. Para esta última Vespasiano Bisticci, un famoso librero, consiguió copiar doscientos manuscritos en veintidós meses utilizando cuarenta y cinto copistas. Otro de sus asesores en la adquisición de libros fue Tommaso Parentucelli, que luego fue papa con el nombre de Nicolas V. Sus hijos, Juan y Pedro, fueron grandes bibliófilos, como su nieto Lorenzo, denominado el Magnífico, en tiempos del cual la biblioteca familiar, a la que se llamó Medicea para distinguirla de la de San Marcos, alcanzó su esplendor. Entre los mayores beneficiarios estuvieron Angelo Poliziano, tutor de sus hijos, que le asesoró en sus compras, y Pico de la Mirandola. Lorenzo murió en 1492 y dos años después los Medici fueron expulsados. En el asalto a su palacio, se salvaron mil diecinueve volúmenes que fueron llevados a San Marcos. Un tercio fue vendido después a la familia Salviati y dos tercios al hijo de Lorenzo, Juan, que luego fue el papa León X. Su sobrino, el cardenal Julio de Medici, posteriormente el papa Clemente VII, devolvió los libros a Florencia y encargó a Miguel Ángel el trazado de una biblioteca como la de San Marcos, pero en el claustro de la Iglesia de San Lorenzo. Fue terminada por Cosimo I, Gran Duque de Toscana, y se abrió al público con trescientos manuscritos. Su primer catálogo apareció en 1757 realizado por A.M.Bandini. Domenico Malatesta Novello fue señor de Cesarea y fundó en esta ciudad una biblioteca, entre 1447 y 1452, en el convento de San Francisco. En 1462, cuando murió Malatesta, había doscientos libros y se deshizo el escritorio y encuadernación. Posteriormente, en 1474, hubo un legado de ochenta manuscritos de Giovanni di Marco.

Tras esta introducción amplia hice una pausa para tomar un poco de agua y refrescar la garganta. Ya había superado los nervios del comienzo. Entre los grandes coleccionistas de obras griegas, continué, estaba el cardenal Bessarion, nacido en Trebisonda y educado en Constantinopla. Los manuscritos griegos fueron para muchos humanistas italianos tan atractivos como los viejos latinos buscados en los monasterios europeos. Uno de los primeros en viajar a Oriente en busca de manuscritos fue el helenista Guarino Veronese. Otros buscadores de manuscritos griegos fueron Giovanni Aurispa, que en 1423 regresó con doscientos treinta y ocho manuscritos, y Francesco Filelfo, que había ido a estudiar a Constantinopla y a su vuelta se trajo un buen número. Hubo también emigrados que se dedicaron a copiar manuscritos por lo que su número creció considerablemente sin que se llegara a saciar el apetito de los grandes coleccionistas, como Lorenzo de Medici, que envió a Janus Lascaris en 1492 a buscarlos y traerlos para su biblioteca. Los papas debieron de tener, desde los años iniciales del pontificado, una colección de libros a su disposición. Sin embargo, la primera noticia de una biblioteca vaticana se refería a la que estaba instalada en el palacio de Letrán. Pero los libros debieron de desaparecer o dispersarse cuando el papado se trasladó, en el siglo XIV señalé, a Aviñón, en el sur de Francia, donde Juan XXII y Clemente VI reunieron una importante biblioteca con dos mil cuatrocientos volúmenes, que allí se quedaron cuando sus sucesores regresaron a Roma. La Biblioteca actual era relativamente moderna, pues pocos libros entraron antes del siglo XV e incluso antes del XVI. El fundador de esta nueva biblioteca fue Nicolás V, bibliotecario de Cosimo de Medici. Al ascender al solio pontificio encontró un pequeño núcleo dejado por su antecesor, Eugenio IV, consistente en trescientos cuarenta libros, que él transformó en mil doscientos añadiendo los suyos personales y enviando agentes a visitar centros religiosos en solicitud de donaciones de libros o, al menos, autorización para copiarlos. También ordenó que se tradujeran al latín obras griegas, tarea en la que intervino el bibliotecario Tortelli. Tanta era su pasión por los libros que no dudó en gastar en ellos los fondos del jubileo de 1450, lo que escandalizó a su sucesor, el español Calixto III. Sixto IV fue otro gran favorecedor de la Biblioteca. Dispuso nuevos locales para ella y la abrió al público, aunque con los libros encadenados como era costumbre en aquellos tiempos. La dividió en cuatro secciones, la latina, la griega, la secreta y la privada mencioné, decoradas con pinturas murales y dotadas de calefacción, aunque sólo eran accesibles al público las dos primeras. Bartolomeo Platina, su famoso bibliotecario, contó con tres ayudantes y formó un catálogo de autores y otro de materias. La Biblioteca sufrió en el saco de Roma en el año 1527, durante el cual los soldados de Carlos V cometieron innumerables tropelía. Después Sixto V construyó el gran vestíbulo diseñado por Domenico Fontana y decorado por Cesare Nebbia y Giovanni Guerra, y prohibió los préstamos. Paulo V la cerró, suprimiendo los puestos de lectura y no se volvió a abrir hasta 1890. Durante este largo período sólo fue accesible a turistas ilustres a los que se mostraban algunas curiosidades.

En 1600 ingresó en la Vaticana la rica herencia de Fulvio Orsini, que había ofrecido su biblioteca cuando muriera a cambio de una pensión vitalicia. Pocos años después el papa Gregorio XV sugirió a Maximiliano de Baviera que le donara, allá por el 1622, la biblioteca del elector palatino, compuesta por unos tres mil quinientos manuscritos y unos cinco mil libros impresos, de la que se había apoderado al conquistar Heidelberg durante la Guerra de los Treinta años. Parte de ellos fueron devueltos a principios del siglo XIX por Pío VII al duque de Baden. En este mismo siglo XVII Paulo V consiguió que los monjes de Bobbio le donaran algunos manuscritos, como anteriormente lo habían hecho con el cardenal Borromeo para la Ambrosiana. Por compra de Alejandro VII ingresó la biblioteca de los duques de Urbino y la *Reginense*, de la reina Cristina de Suecia, con más de doscientos manuscritos, algunos de los cuales procedían de la Biblioteca Imperial de Praga, donde habían sido incautados por su padre el rey Gustavo Adolfo en la Guerra de los Treinta años. A finales del siglo XIX León XIII permitió la consulta de la Biblioteca y archivos vaticanos a los estudiosos e instaló la actual sala de estudio con sesenta mil obras de consulta. Muy importante fue la gestión como director de la biblioteca del benedictino español Anselmo María de Albareda, que poco antes de morir recibió el capelo cardenalicio. La familia Visconti, primero, y Sforza, después, señores de Milán, formaron una de las bibliotecas más importantes de su tiempo en el castillo de Pavía, que en 1426 contaba con novecientos ochenta y ocho volúmenes. En ella, como en las dos bibliotecas citadas anteriormente, había, junto a los códices en latín y en italiano, algunos en francés, lo que mostraba que la influencia de la cultura francesa en el siglo XIV fue grande en el norte de Italia. En cambio, eran relativamente pocos los códices griegos. Un destino similar sufrió la biblioteca de los reyes de Nápoles, cuya importancia se debió al aragonés Alfonso V el Magnánimo por el mecenazgo que ejerció sobre notables humanistas, entre los que destaca Lorenzo Valla. En la biblioteca aragonesa, además de los códices latinos, griegos, e italianos, normales en las bibliotecas italianas, abundaban obras escritas en castellano. Fue víctima de las vicisitudes que sobrevinieron al reino al finalizar el siglo XV. En 1495 Carlos VIII de Francia entró en Nápoles y se llevó a su país, junto con joyas y obras de arte, los libros que pudo encontrar, unos mil ciento cuarenta creía recordar, entre impresos y manuscritos, que terminaron en la Biblioteca Nacional francesa. Otra parte se llevó consigo Fernando de Aragón. Reconstruyó San Miguel de los Reyes, convento de los jerónimos, al que el duque legó, en 1550, su magnífica biblioteca. Algunos desaparecieron en el mismo siglo XVI, pero las mayores pérdidas se debieron a la desamortización del siglo XIX, antes de que pasaran a la Biblioteca Universitaria de Valencia. Otros hermosos códices se conservaron en la Biblioteca de El Escorial. Dentro de los bibliófilos renacentistas, ninguno superó a Federico de Montefeltro, duque de Urbino, que vivió aproximadamente durante los años 1422 y 1482 si no me confundía, que construyó un espléndido castillo y en él instaló una lujosa biblioteca con bellísimos manuscritos, entre los que no quería que los hubiera escritos sobre papel ni obras impresas. En el siglo XV cambió notablemente la figura del bibliotecario. Entonces los príncipes italianos nombraron bibliotecario a una persona de gran formación intelectual, capaz de asesorarlos en las compras. A su cargo solían estar los copistas, iluminadores y encuadernadores y una de sus misiones principales fue garantizar la corrección de los textos. Por ello solían estar pagados con generosidad.

De nuevo interrumpí la sesión y les di unos minutos de descanso, pues estaba comprimiendo toda la información del libro en tan solo apenas diez folios leídos a toda prisa para no excederme de las dos horas que tenía otorgada. Observé el entusiasmo de muchos, y el aburrimiento de otros, situación que me era familiar. Luego proseguí hablando acerca de las bibliotecas castellanas y de los reyes castellanos del siglo XV, especialmente de Juan II y de su hija Isabel la Católica, quienes no fueron grandes bibliófilos ni dispusieron de una biblioteca, pero, como habían recibido una buena educación, gustaron de la lectura y poseyeron bastantes libros. De Juan II se dice que sabía hablar y entender el latín, que leía muy bien, que le agradaban mucho los libros y las historias y que oía con gran agrado los decires rimados. Su afición a la poesía le llevó a encargar a su escribano Juan Alonso de Baena la recopilación poética que lleva el nombre de éste, *Cancionero de Baena,* cuyo original perteneció a la Biblioteca de El Escorial y hoy estará en la Nacional francesa, y que, con sus seiscientas composiciones de cincuenta y seis autores, era una muestra muy representativa de la poesía, en general ingeniosa y frívola, que tanto debió de gustar en la corte, donde, entre otros poetas, brillaron el marqués de Santillana y Juan de Mena. A éste, que era secretario de cartas latinas, el rey le encargó una traducción resumida de la *Ilíada*. Reflejo de las aficiones literarias de la corte de Juan II, continué, fue la biblioteca de los condes de Benavente instalada en su castillo e iniciada, en la primera mitad del siglo XV, por el segundo conde don Rodrigo Alonso Pimentel. Poco después de su muerte se redactó un catálogo con los libros que reunió el conde y con los que se añadieron después de su fallecimiento. Algunas de las obras de la biblioteca fueron copiadas por Manuel Rodriguez de Sevilla. A pesar de estos préstamos, la biblioteca en el primer siglo de su existencia y en los siguientes, fue familiar y pocas fueron las personas que, aparte de los familiares y algunos amigos, tuvieron acceso a los libros. Tanto interés como su fundador pusieron en la biblioteca su hijo, Alonso, y su nieto Rodrigo, amigo de Gómez Manrique, Mosén Diego de Valera y Lucio Marineo Siculo. Pero con la muerte del sexto conde en 1575, pasó el interés por el crecimiento de la biblioteca, que en 1633 fue trasladada al palacio de los condes de Valladolid, donde unos años antes se había instalado otra gran biblioteca nobiliaria, la del conde Gondomar. Con este motivo se hizo un inventario que contenía unas cuatrocientas cincuenta y ocho rúbricas. Después los libros de la biblioteca se diseminaron en bibliotecas de familias nobles por motivos matrimoniales, como en la de Osuna, los más de ellos fueron vendidos en el siglo XIX y hoy formaban parte de bibliotecas españolas y extranjeras. Por otra parte, los libros de Isabel la Católica debieron de sumar alrededor del millar, de los que Francisco Javier Sánchez Cantón llegó a describir trescientos noventa y tres utilizando cuatro inventarios parciales de diversas épocas y sumando los impresos dedicados a ella y los que llevaban el escudo Real. Debieron de estar repartidos por varios palacios, entre ellos los de Segovia, Granada, Sevilla, Toledo y Arévalo. Se mezclaban los escritos "de mano" o manuscritos, con los "de molde" o impresos, menos numerosos, aunque cuando su reinado comenzó ya estaba establecida la imprenta en Castilla. También abundaban más los que estaban escritos sobre papel que sobre pergamino.

Una buena biblioteca debió de ser la de don Enrique de Villena, descendiente de los reyes de Aragón y Castilla, más aficionado a las letras que a las armas. Su inagotable sed de conocimiento y su afición a las ciencias ocultas le valieron fama de brujo y Juan II ordenó que, a su muerte, sus libros fueran examinados por su confesor fray Lope de Barrientos, que ordenó la quema de algunos. Merece una atención especial la que formó el marqués de Santillana. Nacido en una familia de la alta nobleza, muy rica y aficionada a las letras, el marqués gustó del trato con personas interesadas, como él, por el cultivo de las letras. Formó la colección de manuscritos más interesante en la España del siglo XV. Los libros fueron encargados y adquiridos por él respondiendo a sus apetencias. Pero como, además, era rico y bibliófilo, sus manuscritos estaban bellamente caligrafiados e ilustrados sobre vitelas inmaculadas y cubiertos con encuadernaciones diseñadas para él, en las que campeaba su emblema, así como en la primera página sus armas, su yelmo y su divisa. Su hijo Diego, primer duque del Infantado, cuidó la biblioteca heredada de su padre y la unió al título. Contemporáneo del marqués fue el conde de Haro, don Pedro Fernandez de Velasco. Se retiró en 1459 al hospital de la Veracruz de Medina de Pomar, que había fundado cuatro años antes para sustentar a doce hidalgos pobres. Se conservaba un inventario de 1553 de los libros que constituían la biblioteca del hospital, dividido en tres secciones. En total unos ciento cincuenta y seis aproximadamente. Entre ellos había trece impresos. El cardenal Pedro González de Mendoza, que su existencia comprendía los años de 1428 y 1495, hijo del marqués de Santillana y tan poderoso en tiempos de los Reyes Católicos que era conocido como el Gran Cardenal y fue llamado Tercer Rey de España, llegó a constituir otra gran biblioteca privada, de la que podemos tener una cierta idea por el inventario que en 1523 se hizo de la biblioteca de su hijo, don Rodrigo de Mendoza, marqués del Cenete, que había sido estudiada por Francisco Javier Sánchez Cantón.

Después de tomar aire y de que me dejaran de temblar las piernas, continué con las bibliotecas francesas donde no faltaron entre los sucesores de San Luis amantes de los libros. Juan II el Bueno, buen aficionado a ellos, supo inculcar esta afición a sus hijos y hacerles grandes bibliófilos. Destacó Carlos V el Sabio, cuya biblioteca principal estuvo instalada en tres salas de una torre del Louvre. Era frecuente en el libro del Renacimiento el hecho, cada vez más extendido, de regalar o presentar la obra a un mecenas, un rey o príncipe. La acción se presentaba en una ilustración inicial donde aparecía el autor en el momento de la ofrenda. La ilustración terminó convirtiéndose en tópica y se prolongó en los libros impresos en los que la ofrenda era simbólica. Carlos VI incrementó notablemente la colección de su padre, Carlos V, con más de doscientos códices. Muchos salieron en préstamo y no volvieron y otros fueron regalados a amigos y príncipes extranjeros. La biblioteca fue adquirida por el gobernador de París, entonces en poder de los ingleses, el duque de Bedford, Juan Plantagenet, que se la llevó primero a Rouen y desopués a Inglaterra. A su muerte esta rica biblioteca quedó dispersada. Se sintieron atraídos igualmente por los libros, los hermanos de Carlos V, los duques Felipe el Atrevido de Borgoña, Luis de Anjou, más tarde rey de Nápoles, y Juan de Berry. Era natural que los libros lujosos, como las joyas y las pieles, atrajeran a las mujeres, y así había reinas, como Juana d´Evreux, Juana de Borgoña, Blanca de Navarra, o infantas como Yolanda, la hija de Carlos VII, o condesas como la de Montpensier, o duquesas como Margarita de York, que reunieron numerosos libros y sintieron predilección especial por los ejemplares lujosos. Un caso sobresaliente de biblioteca lujosa era la formada por los duques de Borgoña, que gobernaban Borgoña y el Franco Condado en el levante francés, y Flandes y los Países Bajos en el noroeste durante el siglo XV. Cuando murió Juan Sin Miedo, en el palacio ducal de Dijon había doscientos cincuenta y cuatro volúmenes. Su hijo y sucesor, Felipe el Bueno, aumentó la colección recurriendo a la compra, a donativos o a copias de libros, pero en los últimos veinte años de su vida prefirió libros nuevos. Debían de estar repartidos en los diversos palacios, guardados en armarios o arcas y al cuidado de la misma persona que vigilaba las joyas, o lo que era lo mismo, que no había tampoco bibliotecario. Su hijo Carlos el Atrevido murió diez años después que su padre y la herencia pasó a la casa de Habsburgo, por estar casada su hija María de Borgoña con Maximiliano, el que después fue emperador y abuelo de Carlos V, y se dispersaron tanto los libros que había incorporado Carlos como los heredados por él. Felipe II, en el siglo XVI, ordenó que todos los libros que se pudieron encontrar se reunieran en un lugar en Bruselas y se constituyera una biblioteca real. Muerto Felipe II, la biblioteca decayó y a finales del siglo XVII teniendo ciento veinte ocho volúmenes menos. Al iniciarse el XVIII un incendio destruyó muchos manuscritos y las tropas francesas cuando ocuparon Bruselas en 1746 se llevaron a París ciento ochenta y ocho manuscritos valiosos, de los que el conde Cobenzl, ministro plenipotenciario de la emperatriz austriaca María Teresa, pudo recuperar ochenta, un tercio de siglo más tarde. El conde creó una Sociedad Literaria de los Países Ba-

jos, antecesora de la Academia Belga, a la que confió la crea-
ción de una biblioteca pública con los libros que pudo recuperar de la biblioteca antigua. Por cierto que cuando en 1773 fue
disuelta la Compañía de Jesús e incautados sus libros, se le
presentó a la Biblioteca Real un grave problema de espacio
para recibirlos, que fue resuelto, según se cuenta, colocando
los libros útiles en estanterías en el centro de las salas y dejando los que no interesaban en el suelo para que los ratones sa-
tisfacieran su hambre con éstos y no atacaran a los valiosos.
Durante la Revolución Francesa, buen número de manuscritos
y valiosos impresos fueron trasladados a París. Dividieron la
biblioteca en dos, una formada por los libros impresos, que
fueron entregados a la ciudad de Bruselas, y otra con los manuscritos, que constituyó la Biblioteca de Borgoña. En este
período, en el que la Biblioteca contó con un notable bibliotecario de origen español, La Serna Santander, la colección se
enriqueció con los libros de las órdenes religiosas suprimidas.
Después de Waterloo volvieron los libros a Bruselas, pero
continuó la separación de las bibliotecas, aunque con un solo
bibliotecario, el gran bibliófilo Charles van Hulthem, dueño de
una gran biblioteca privada. En 1837, se creó la Biblioteca
Nacional a base de la Biblioteca de la ciudad de Bruselas, de la
Biblioteca de Borgoña y de la biblioteca privada de Van Hulthem. En la actualidad, instalada en un moderno edificio inau-
gurado en 1969 y dedicado al rey Alberto I, cuyo nombre llevaba la biblioteca, posee más de tres millones de impresos y
treinta mil manuscritos, entre ellos doscientos treinta y uno
que pertenecieron a Felipe el Bueno.

En síntesis expuse mi obra ante la admiración de la mayoría
de los asistentes. Para terminar hablé de las bibliotecas euro-
peas más relevantes, comenzando por Inglaterra donde los
miembros de la casa de Lancaster se mostraron aficionados a
los libros, desde su primer rey, Enrique IV. Dio a sus hijos una

buena educación literaria y creó en ellos el sentimiento de la bibliofilia. El mayor y su sucesor, Enrique V, fue un gran lector, que continuamente pedía en préstamo libros a diversas bibliotecas, de cuya devolución a veces se olvidaba. El más pequeño, Humphrey, duque de Gloucester, cedió sus libros a la biblioteca de Oxford. Otro de los hermanos fue Juan, duque de Bedford, que encargó y adquirió bellos manuscritos, y compró la mejor biblioteca que hasta entonces se había formado en Francia, la del rey Carlos V. Otro rey inglés, Eduardo IV, gustó mucho de los manuscritos bellamente decorados y prefirió a los textos científicos o filosóficos, los de entretenimiento o espiritualidad religiosa. Fue, además, protector del primer impresor inglés, William Caxton. En Alemania, proseguí, durante el Renacimiento hubo bibliotecas privadas de humanistas, la más destacada de todas es la Beato Renano. Otros humanistas con bibliotecas notables fueron Nicolás de Cusa y Konrad Peutinger. También los príncipes crearon notables bibliotecas tanto por interés por el saber como por el prestigio que confería una biblioteca con valiosos manuscritos antiguos. Quizá la más notable de todas fue la que formaron los electores del Palatino en Heidelberg, llamada Palatina, cuyos libros habían tenido una historia accidentada a partir de la Guerra de los Treinta años. También destacó la formada por Federico el Sabio, elector de Sajonia, en Wittenberg. También aparecieron en Alemania unas bibliotecas municipales abiertas al público. La mayor de las bibliotecas de la Europa central fue la del rey Matías Hunyani, apodado Corvino, de Hungría. Educado en el espíritu del Renacimiento, sentía una doble afición por las armas y por los libros. Introdujo la imprenta en Hungría. Fue gran lector con un obsesivo afán por coleccionar libros, afición compartida por su esposa Beatriz de Aragón, hija del rey Fernando de Nápoles. La pareja se rodeó de artistas y hombres de letras italianos y contó con una treintena de calígrafos, a los que acompañaba un buen número de ilustradores y encuadernadores. Envió, además, al igual que los príncipes de su tiempo, agentes al extranjero y especialmente a Italia en búsqueda de libros. En una sala del palacio con vistas a Buda preparó dos habitaciones bellamente decoradas, en una de las cuales colocó los libros latinos y en la otra los griegos y orientales. A su muerte, la colección corrió el desgraciado destino de otras contemporáneas: se dispersó.

CAPÍTULO II
PRESENTACIÓN DEL LIBRO

Y así concluyó mi exposición sobre las bibliotecas en el Renacimiento. Me estaba dando un poco de publicidad gracias a la oportunidad de aquél evento. La historia me apasionaba y de ahí mis estudios. Aunque en mis comienzos mis primeras obras fueron de relatos cortos, me fui especializando poco a poco en lo que creía un enigma para descifrar el presente de la humanidad. Yo tan solo daba mis primeros pasos en este mundo para formar parte a través de mi granito de arena en el todo de la inmensidad que la historia abarcaba y lo seguirá haciendo mientras exista la raza humana dominante sobre el planeta que estamos matando lentamente. Sin entrar en ese debate conservador acerca del tiempo que nos queda por vivir en nuestro planeta, que en realidad estamos de prestado porque somos insignificantes con respecto a las grandes creaciones de la naturaleza tan solo para que vivamos, y será el proceso mismo de la naturaleza el que acabe con este planeta según las teorías científicas acerca de la transformación del sol en una gigante roja que en su primera etapa crecerá tanto que englobará los tres primeros planetas del sistema solar para pasar posteriormente a implosionar y transformarse en un agujero negro que atraerá el resto de la materia de nuestra galaxia. Esperemos que para entonces, nosotros los humanos, hayamos dominado con maestría los viajes espaciales para huir a otras galaxias en busca de algún planeta similar al nuestro al que podamos ir matando tan lentamente como a este, y así sucesivamente dará comienzo el Apocalipsis del que habla la Biblia, el final de todo el universo conocido y por conocer gracias a nuestro afán de destruir a todo y a todos. Pero para entonces yo ya no estaré aquí.

Al término del acto recibí las felicitaciones de muchos profesores que asistieron. Recibí críticas buenas de ellos pero también críticas malas de las que tenía que aprender según mi filosofía particular. Me felicitaron también los alumnos que acudieron a los que les firmé la asistencia para que consiguiesen los créditos de libre configuración que deseaban. Lo que más me sorprendió fue que se acercó a darme la enhorabuena Serrano, un erudito de gran fama internacional, catedrático de egiptología y antiguo profesor mío. Le pareció interesante la introducción que hice sobre las bibliotecas y me argumentó que debía hacer un ensayo sobre las mismas pero de la antigüedad, sobre todo de los manuscritos ya traducidos del antiguo Egipto. Reímos un poco y me sorprendió la forma de tratarme ahora, completamente distinta a la de cuando fui estudiante suyo pues miraba a los alumnos por encima de los hombros, con aires de superioridad, como si fuésemos unos fracasados. Y ahora me estaba tratando como a un igual. Por muy importante que fuese, seguía siendo un hipócrita, y eso que yo le seguía la corriente. Tal vez me estuviere convirtiendo en el mismo hipócrita que él aunque no me lo creía, pues mi forma de ser en todos estos años no había cambiado y no creía que cambiase tan solo por el éxito de uno de mis libros.

Tras ese momento breve de euforia, continué firmando el libro que estaba presentando. Me senté en una mesa justo al lado del tablado de exposición, lo que todos conocíamos como *"palestra"*, lugar que tanto miedo me ha dado siempre ya que era un sitio donde las personas se paralizaban de terror, donde se quedaban sin habla, sin ninguna capacidad motora y por tanto, suspendían aquellos horribles exámenes orales. Con el tiempo superé ese miedo, pero me había costado lo mío, ocho años de carrera para conseguir estar aquí, y hoy, aunque nervioso, conseguía con éxito que las piernas me dejaran de temblar y que el habla no se me entrecortara.

En breve se formó una cola de gente con mi libro para que se los firmara. No era la primera vez que lo hacía pero me sentía importante, lo que esbozaba una sonrisa en mi rostro. Los primeros libros que presenté fueron de relatos cortos como antes mencioné, algún que otro ensayo histórico y alguna que otra novela. Pero al ser este libro más técnico, más científico, era más atractivo para los estudiantes de dicha materia y para los lectores técnicos en este aspecto.

Con una sonrisa en mi cara, y lleno de ilusión, firmaba uno tras otro, bromeando con la mayoría de ellos. Sentí curiosidad por una joven universitaria que quería un par de firmas tan solo. Una para el libro y otra en su pecho. Me corté un poco y enmudecí. ¡Qué suerte!, exclamé al ver aquel angelical rostro, y que cara tenía aquella salida chica que me miraba con ternura. Quería hacerlo pero tan sólo le susurré al oído que junto a la firma del libro le había dejado mi número de teléfono para que me llamase y más discretamente firmarle lo que fuese. Por lo menos me había evitado el trago de tener que firmarle un pecho en aquella situación, aunque no creía en ningún momento que me llamase, tampoco lo esperaba pues le había dado un número falso, cambiando los dos últimos dígitos. No tenía interés en aquella chica por muy guapa que fuese y tampoco me apetecía que nadie tuviese mi número de teléfono, pues últimamente la compañía de móvil que tenía contratada, una de esas de las que cambian de nombre varias veces para cobrar el doble sus facturas, me estaba estafando con mensajes de publicidad que a su vez me lo cobraban a mí los miserables. Iba a denunciarles en la oficina del consumidor aunque preferí esperar a que se me cumpliera el contrato, consumiendo lo mínimo posible, para cambiarme de servidor telefónico, aunque en el fondo todos eran unos sin vergüenzas y de una u otra forma nos quitaban el dinero sutilmente a veces, aunque descaradamente en otras ocasiones, por no hablar de las llamadas con los *"números privados"*, muchas veces de publicidad de las que desconocía quién les facilitaba mi número personal. Y por supuesto, tampoco me fiaba que me molestasen a deshoras o con bromas pesadas como la sufrida esta misma mañana durante el viaje en tren.

Aquella mañana terminó mejor de lo que pensaba, en contra de mi creencia acerca de los días grises desgraciados. Había vendido más libros de la cuenta aunque no por ello me iba a adinerar tan pronto. Tan sólo me llevaba un diez por ciento de las ventas de aquellos ejemplares. Mi idea era que sirvieran de ayuda para estudios posteriores para conocernos mejor a nosotros mismos a través de nuestra historia, y mi objetivo estaba casi cumplido, el de formar parte de esta historia aportando mi granito de arena, buscando la ambiciosa inmortalidad anhelada por todos y reflejada en la memoria escrita de mis libros. Deseaba, al igual que cualquier escultor o compositor, o incluso cualquier pintor, que se hablara de mi dentro de quinientos años, de mis obras, de la ilusión puesta en ellas, de mi creatividad, al igual que yo había recordado a los grandes bibliófilos del Renacimiento. Era una idea extraña para aquellos a los que se lo contaba, pero esa ilusión me daba esperanzas para luchar cada día en esta vida tan amarga en la que tan solo vemos y oímos desgracias por todos los rincones. Una vida en la que no estamos seguros ni siquiera en nuestras propias casas donde nos pueden asaltar y matar tan solo para llevarse unos pocos euros o joyas. Por desgracia, esos acontecimientos estaban a la orden del día y ayer mismo sucedió un hecho similar en el pueblo de al lado donde ocho encapuchados, al parecer del Este, entraron en una pequeña granja de una familia de personas mayores con dos hijos de mediana edad, y dedicados a la crianza de ovejas, e impunemente apalearon a los ancianos y a los hijos para llevarse lo poco que tenían suelto en su hogar, unos doscientos euros. Y por esa insignificancia casi matan a cuatro personas que yo conocía de vista ya que en el pueblo de al lado, mucho más pequeño que el mío, vivía justo al lado de la granja donde sucedieron los hechos, un amigo informático al que le llevaba el ordenador para que me lo arreglase de vez en cuando. Aparentemente esas personas se veían amables, llenas de vida, muy humildes y agraciadas. Vivían una vida tranquila que muchos jubilados desearían, y ahora las heridas y el miedo en sus cuerpos no cicatrizarán jamás por culpa de la moda que se está dando en este país. Al parecer, y según la guardia civil, se trataba de una banda organizada que se creía que actuaban por esta zona y se escondían en las montañas, por donde se había levantado un dispositivo de búsqueda y se había reforzado la seguridad de los pueblos de la zona. Aunque del dicho al hecho hay mucho trecho, y sin entrar en política, la culpa no la tiene la policía al no cogerlos, sino los jueces al aplicar la ley, dejándoles en libertad en muchos casos. No quería opinar al respecto pero la ley en este país dejaba mucho que desear, y volviendo a mi meditación del principio, si en cualquier momento nos llegase la hora, de mí no sólo se hablará en las esquelas de los periódicos. Era mi mentalidad y no la iba a cambiar por mucho que me fuesen bien las cosas.

Después del acto quedé con unos amigos para comer y celebrar el éxito brindando con bebida cara, por todo lo alto. La ocasión lo valía. Quedé con Álvaro, uno de mis mejores amigos. Tenía doble nacionalidad, entre ellas la Haitiana y la Española, de piel negra y cabellos a lo rafta, se fumaba todo lo fumable habido y por haber. A pesar de eso era una buena persona aunque yo creía que estaba metido en alguna secta vudú de las de su tierra, pues de vez en cuando se ausentaba o bebía bebidas extrañas inventadas por él. La verdad no lo sabía muy bien pero no lo discriminaba por ello. También acudió a la fiesta Antonio, un joven adinerado muy pijo y regordete. Tenía varios negocios en su poder, sobre todo estaba triunfando con la venta de electrodomésticos. Era buena gente aunque un poco cursi. Le gustaba mucho aparentar de su capacidad económica y ridiculizaba a los amigos cuando sacaba fajos de billetes de su cartera y los invitaba a todos. Nosotros le dejábamos que fardase de dinero, allá él. Estaba mal decirlo pero en parte nos aprovechábamos de esa debilidad suya que tenía por alardear de dinero ya que siempre acababa pagando lo que bebíamos de más. Quien no acudió fue nuestro amigo David, el mejor de todos ellos, un tipo que siembre iba a lo suyo, muy buena gente eso sí pero con aires de superioridad al creerse un guaperas de cine. En parte tenía algo de razón. Siempre iba vestido de negro y sus largas melenas que nunca peinaba, le caían por debajo de los hombros formándose enredos con rizos y tirabuzones. Era muy reservado para hablar de su vida privada. Tan sólo nos contaba lo que a él le interesaba que supiéramos. Era un artista pues no se le daba mal el dibujo artístico. Un día me hizo una caricatura con mucha gracia y tan solo en un trozo de cartón y con un bolígrafo, pues no teníamos otros materiales al alcance. Quería que me hiciese la portada del libro pero me dijo que no se dedicaba al arte por negocios, tan sólo por jobi. Aún no había trabajado en nada, pues era licenciado como yo y prefería seguir estudiando, echando oposiciones de cualquier cosa para ver si tenía suerte alguna vez. Un tipo agradable en resumidas cuentas.

Aquella tarde comimos en un restaurante de la capital. Al principio no nos querían dejar entrar en aquél restaurante de lujo cerca de la facultad al ver las pintas de nuestro amigo Álvaro, pero de alguna u otra forma uno de los encargados del mismo había estado por la mañana en la presentación de mi libro y me reconoció a la vez que se disculpó por la confusión y el trato dado ante el resto de los clientes. No le dimos importancias ya que queríamos pasar un buen rato. En realidad nos reímos un poco ya que estábamos acostumbrado a situaciones similares lo que demostraba una y otra vez la hipocresía presente en el ambiente. Las pintas parecía que sí contaban en ciertas situaciones y la gente nos miraba como bichos raros. Después de aquello sobraban las disculpas, era demasiado tarde. Una vez repuestos del trauma que la vergüenza implicaba para todos, nos dieron una mesa para tres al fondo del local, ambientado con un suave hilo musical y decorado con columnas de mármoles y frisos griegos de imitación. La mesa ya estaba preparada con cubiertos de plata y servilletas bordadas en oro, decorando un suave mantel aterciopelado de color rosado. La iluminación era la correcta y me llamó la atención el uniforme de los camareros que parecían que iban en faldas, tanto hombres como mujeres, de color negro con el emblema del restaurante también bordado en el centro de sus camisetas. En realidad no eran faldas, sino curiosos delantales hasta los tobillos y cerrados por detrás con finos cordones también de color negro. De entrante pedimos unos canapés acompañados de un suave vino tinto y una ensalada de primavera, igual que las de invierno pero con algo más de maíz. Curiosidades de la gastronomía exportada de países orientales.

—Con este buen vino debemos brindar por tu éxito —me dijo Antonio levantándose de su asiento y alzando su copa a la vez que nosotros hacíamos lo mismo.

—Muchas gracias, la verdad es que no tengo muchas palabras para la ocasión, las he gastado todas en la presentación —dije con ironía ante unas sonrisas.

—No es para tanto, unos triunfan con electrodomésticos y otros con las letras, y si se lo propusiera, nuestro amigo David triunfaría con sus dibujos —argumentó Álvaro.

—Es que la mayoría de nosotros invertimos el tiempo en cosas necesarias, creativas, no como otros que se encierran en su secta engañando a palurdos que se dejan sus perras creyendo que les sanarán sus males o pesadillas —contestó groseramente Antonio mirándole por encima de los hombros con aires de superioridad.

—¡Qué raro que David no haya aparecido! —interrumpí yo antes que las indirectas que se lanzaban caldeasen el ambiente y aguaran la fiesta.

—Él no suele perderse una buena celebración, y menos si es de uno de nosotros —contestó Antonio.

—Aunque teniendo en cuenta las últimas desgracias acaecidas, es normal que no tenga ganas de salir aún —continuó.

—Pero lo que tiene que hacer es salir y olvidarlo como hemos hecho todos —argumenté yo con una expresión algo más seria de lo común, recordando aquello que quería olvidar y me costaba tanto hacerlo.

—Aquellos días fueron muy extraños. La desaparición de sus amigas y la muerte de su novia y de aquella otra chica en extrañas circunstancias nos puso a nosotros en el punto de mira de todas las investigaciones policiales. Pero de eso hace ya unos años —comentó Álvaro con misterio.

—Déjate de tonterías vudú en estos momentos —le dijo Antonio.

—Peor fue lo tuyo —me dijo.

—Sentimos mucho aquél trágico accidente de tu novia —continuó.

—No es el momento de hablar de eso. Aunque haya pasado un tiempo, aún no lo he superado tampoco, lo que pasa es que intento no pensar en ello, cosa que me está costando mucho, e intento empezar una nueva vida —contesté.

—Siento mucho haber sacado este tema a relucir. No era mi intención recordar los fantasmas del pasado —se disculpó Antonio.

—No importa. Disfrutemos de la comida y cambiemos de conversación— les dije a la vez que con un gesto de mano avisé a un camarero para que nos atendiese de nuevo para poder pedir el resto de platos y el postre.

Bebimos no demasiado porque había que coger el coche para regresar al pueblo en el que vivíamos. Empezó a oscurecer y nos marchamos. Álvaro se fue en su coche. A mi me llevó Antonio en el suyo ya que el último tren hacia mi pueblo ya había partido y el próximo salía a las seis de la mañana del día siguiente. Decidimos tomar las últimas copas en su casa para acabar la noche relajados, pero Álvaro no quiso venir. Antonio me convenció de que teníamos que brindar con un nuevo whisky que tenía de reserva, uno de esos de los caros. Yo accedí tan solo por probar algo así y olvidar el recuerdo de la última foto que me hice con mi amor antes de perderla que transitaba por mi mente dañándome todo el tiempo.

CAPÍTULO III
LA CASA DE LOS CUADROS

Después de apenas media hora de viaje desde la gran ciudad hasta el pueblo apático en el que vivíamos, llegamos a la casa de Antonio ya bien entrada la noche con la intención de tomar unas copas fardando de nuevo de su elevado coste y de su vida adinerada.

En el coche me iba comentando un poco la actitud de Álvaro al no venir con nosotros. Le parecía mal y lo criticaba por las diferencias que habían tenido en el restaurante. Me decía que últimamente lo notaba raro. No sabía en que sentido se refería él pero la verdad era que de los cuatro fue Antonio quien menos sintió la tragedia de nuestras amigas y menos la de mi amada. Él si que me parecía superficial o por lo menos delante de la gente lo aparentaba muy bien. Nosotros quedamos conmocionados por lo que pasó. Yo desde entonces no salía con nadie ya que me costaba olvidarla. Para más "*INRI*", no quería olvidarla aunque los psicólogos me indicaban lo contrario. Me martirizaba con ello y tal vez me esté muriendo por dentro de pena desconsolada. En mis estudios y mis libros me refugiaba cada vez que podía pero ellos no me daban las respuestas que buscaba. Tal vez no hubiera respuestas, solo preguntas absurdas e incomprendidas que tan sólo el género homo sapiens sapiens se inventaba para justificarse en su solitaria existencia y fantasmagórico viaje hacia el supuesto más allá. Y Antonio estaba ahí como si nada, aplicándonos su psicología barata de venta que utilizaba con sus clientes y alardeando de llevar siempre una enorme sonrisa, que para mi era tan falsa como su vida, adinerado gracias a una herencia familiar. Eso era lo más fácil, enriquecerse a costa de la fortuna familiar cuando nunca "había doblado la espalda" o "había clavado los codos" como se solía decir, como el resto de los mortales. Esa actitud no la soportaba, pero en aquél momento hacía oídos sordos a la vocecita de mi cerebro que me lo explicaba, tan solo para aprovecharme de no tener que pagarme un taxi para regresar y de beber algunas copas gratis más. Quizás estuviese siendo yo más falso que él en aquél momento o tal vez debiere de aprender de su actitud, de no comerme el tarro en cada momento y de pasar de todo. Pero era muy fácil pasar de todo cuando se tenía dinero y hasta la fecha ese no era mi caso, aún.

Parecía que una tormenta se acercaba y entramos rápido en su casa. Me sorprendí en la forma que había decorado el salón. No era la primera vez que entraba en aquella casa y eso fue lo que me llamó la atención. Tenía colgados cuadros por casi todas las paredes. Obras de arte de excelente calidad, de distinto tamaños y de simbología variada. Tenía temas diversos que iban desde obras del Renacimiento hasta del más puro impresionismo. Exceptuando el ancho del salón que era donde tenía el cine en casa, una tele de plasma enorme y un moderno mueble bar, en el resto de las paredes se apilaban los cuadros en varias filas. Había numerosos retratos de pintores de época, de mujeres hermosas, de paisajes exóticos... Aquello, aunque la mayoría fuesen copias de famosas obras de arte, le había debido de costar una fortuna, tan solo para aparentar de nuevo, y no me extrañaba que ese fuese el motivo de insistir tanto en que fuésemos a su casa a tomar la última copa de la noche.

—¿Te gusta mi nuevo salón? —me preguntó.

—Asombroso. ¿Desde cuando lo tienes decorado de esta forma? —le pregunté mostrando un poco de interés.

—Desde hace unos días. Me ha dado la vena artística. Los tengo por casi toda la casa. Son muy expresivos y relatan la historia tal vez no como tú la has estudiado, sino tal y como la veían los ojos de los artistas que los han pintado, con exactas pinceladas aplicando colores vivos y muertos, fríos y cálidos, que nos sirven para leer incluso la vida del pintor a través del ángulo de las pinceladas o incluso de sus firmas. La mayoría son copias pero tengo muchos originales.

—La verdad es que están cargados de simbolismos. ¿Tienes algún retrato tuyo?

—Por supuesto. En mi habitación tengo un mural que abarca toda la pared justo encima del cabezal de la cama. Me hace sentir importante. Es como si fuese una capilla en vida de alguien que hace cosa por la gente —de nuevo fanfarroneaba de sí mismo.

De repente se apagó la luz en todo el pueblo. La tormenta cada vez estaba más encima nuestra, ocultando poco a poco la luna llena, única iluminación para aquél recóndito lugar hasta el momento. No se oía ni un alma por aquellas sinuosas calles, tal vez algún pequeño sobresalto de alguien que tuviese miedo a la oscuridad, gimiendo un escueto grito seco. El ambiente se volvió tétrico con todos aquellos cuadros de rostros pálidos, funestos, figuras en pena y numerosas imágenes de cementerios de las que antes no me había percatado.

Aquél cuadro destacaba sobre los demás, iluminado escasamente por la tenue luz de la luna, era como si me observase, como si me llamase con algo enigmático que desprendía desde cada una de sus lúgubres pinceladas. En él aparecía una figura masculina vestida completamente con un traje negro, con el cabello castaño y cayéndole un poco por debajo de los hombros. Era extraño porque su rostro había sido intentado borrar con aguarrás, lo que le daba una imagen desfigurada sin apenas distinguirse ninguna morfología. En sus brazos llevaba a una joven desfallecida, quizás su amada sin vida. Sus figuras cruzaban un cementerio en la penumbra de la noche, bajo un fondo extrañamente gris azulado y negro. Caminaba entre lápidas y cruces desprendiendo a su vez un halo de tristeza, de pena y melancolía difícil de describir. Era como si el cuadro me invitase a entrar en él para ver al joven rescatar a su amada del tenebroso hades. Aunque cabría la posibilidad de que fuese otra la interpretación que le diese a esa pintura. Aquél joven, tal vez, en vez de acabar de desenterrar a su amada, de llevarse su cuerpo inerte entre la fría tierra y húmedas tumbas, podría entenderse como si él mismo fuese el que la enterraba, el que la transportara hasta su lecho infinito donde su carne inmaculada se pudriera bajo funesta y desdeñada tierra maldita de aquél lugar. Tal vez no fuese el enamorado que no se quiere separar de su difunta amada. Tal vez fuese el asesino de aquella joven que intentaba esconder su cuerpo en aquél horrendo paisaje, o tal vez hubiese desenterrado el cuerpo de su enamorada con fines diversos tales como intentar darle vida a través de algún extraño experimento o para disecar aquél hermoso rostro y darle la inmortalidad que tanto hubiese deseado. La cuestión era que aquél enigmático cuadro me invitaba a detenerme ante él para contemplar los detalles que se apreciaban gracias a la luz de la luna que se abría paso a través de las ventanas de aquella casa.

Antonio se acercó con una pequeña vela, se interesó por mi estado ya que sabía que no me gustaba la oscuridad y me tocó levemente el hombro para tranquilizarme.

—¿De quien es este cuadro?

—¿Te gusta?

—Es extraño, tiene algo que me llama la atención pero no se exactamente qué puede ser, si la forma en la que está realizado, la suavidad de sus pinceladas o el contraste de colores tan exacto con el lugar que representa. También me llama la atención esa figura sin rostro, ese personaje con el cuerpo sin vida de la joven, el cual se puede interpretar de varias formas.

—Me lo hizo un pintor bohemio, un tipo bastante raro que apenas tenía conversación. Le tenía que sacar las palabras una a una para que me diera un presupuesto exacto que cubriese el marco y el lienzo ya acabado. Se encerró en su mansión y en apenas una semana ya tenía el cuadro en casa completamente seco y preparado para colgar en la pared. Elegí este pasillo porque podría representar el túnel entre la vida y la muerte, ese del que hablan los moribundos cuando dicen que van hacia la luz. Bueno, pero eso es cosa mía. No se qué técnica utilizará de secado pero la realidad es que es muy efectiva. Con gusto le pagué el poco dinero que me pidió por él. Le di una propina de casi lo mismo que me había costado y no la aceptó. Era como si se ofendiese por ello. Luego me despachó rápido de su hogar.

—Pues si que es raro el tipo ese.

—Es lo que tiene ser un artista, es el precio que tienen que pagar por el don que dios les ha dado. Algunos lo aprovechan, otros se embriagan con ello. No se si me explico.

—Ya entiendo. Hay que ser más humilde de lo que muchos se creen que son cuando dominan un poder como este, para así poder llegar al corazón de las personas con tan solo contemplar sus obras.

—La humildad y la rareza van cogidas de la mano en este camino que la vida representa.

—Por cierto, ¿el tema representado lo elegiste tu o fue idea de ese tipo raro? ¿Quién es la figura con el rostro borrado de pelo largo que porta en sus brazos a esa desgraciada chica? La verdad es que ha quedado muy original el hecho de borrar la cara de esa forma ya que cualquiera podríamos identificarnos con él. Y la chica apenas se distingue su rostro porque está tapado con su largo cabello moreno pero debía de ser preciosa, con un cuerpo escultural. ¿Tiene algún nombre esta obra de arte?

Antonio enmudeció un rato al preguntarle aquello. Se quedó ensimismado con la mirada fija la joven del cuadro la cual su brazo flácido le colgaba a punto de rozar una cruz, dibujada en la parte inferior izquierda. Ella tenía un vestido rojo, manchado en tonos oscuros y marrones que podían significar que había tenido algún contacto con aquella tierra. Sus piernas desnudas también les colgaban y daban la impresión de que se balanceaban a la vez que la figura sin rostro que la portaba caminaba suavemente en aquél paraje.

—Aquél pintor también me hizo varios cuadros, casi todos los originales son suyos, y algunas copias de *"Caravaggio"* o *"Michael Ángelo"* también. Pero sobre todo, y lo que te iba a enseñar antes de que sed fuera la luz, era el retrato mío que te comenté, ¡eso si que es una obra de arte!, ¡parece una fotografía! —exclamó Antonio con arrogancia, no contestándome a las preguntas que le hice. Pero no le di más importancia y le acompañé a ver su retrato.

Entré en su habitación y me pareció entrar en un santuario. Se estaba idolatrando a sí mismo. En todo el centro de las vistas estaba el enorme cuadro con su vivo retrato, muy conseguido, rodeado de lo que a mi me parecía una especie de altar. Nunca acabaría de asombrarme Antonio pero la verdad era que le daba bastante originalidad a la habitación. Su amor propio le había llevado a representarse como a un dios, lo que me demostraba lo banal que era y lo creído que se lo tenía. Tan solo me limité a decirle lo bien que estaba hecho, con el contraste de colores y su llamativa sonrisa omnipotente que la escasa luz me dejaba contemplar con asombro. El se alegró oír aquello ya que era lo que quería oír. Levantó su barbilla y sonrió, tomando la misma postura que el retrato del cuadro.

—¿A que me parezco? —me preguntó de nuevo con hipocresía y superioridad.

—¿Dónde está ese whisky caro del que me prometiste una copa? —le pregunté evitando contestarle una grosería.

—¡A sí! —exclamó.

—Acompáñame a la cocina—me dijo.

La luz de la luna iluminaba la casa a través de las numerosas ventanas y de un tragaluz que tenía en la amplia y blanca cocina. La suciedad brillaba por su ausencia, lo que demostraba que no cocinaba, que comía en bares o que tenía alguna sirvienta que le limpiase lo que ensuciaba. Allí encendió un par de velas más y buscó un par de vasos anchos. Luego fue al salón donde tenía el mueble bar y cogió el whisky. De regreso en la cocina yo ya había servido un par de hielos para cada vaso. Antonio llenó los vasos sin preocuparse en gastar la botella.

—Pruébalo que ya verás que es el mejor whisky que nunca hayas probado —me dijo con una sonrisa en su rostro.

—Me lo traen expresamente importado de Escocia. Un amigo trabaja en una destilería allí de renombre y les compro unas cuantas cada dos o tres meses.

—Está bueno —le dije dándole un sorbo. La verdad es que si estaba bueno. Su amargo sabor se combinaba con un extraño dulzor un poco seco al mismo tiempo, lo que le daba un exquisito sabor para el paladar.

Cuando acabamos la copa nos servimos otra mientras conversamos acerca de los cuadros y de cómo me había ido el día. De repente sonó mi móvil. Me extrañé porque eran altas horas de la madrugada. Era Álvaro con un tono preocupante. Puse el *"manos libre"* para que los dos lo escucháramos, a petición suya, y nos dijo casi llorando que nuestro amigo David había muerto, que la policía lo había encontrado en su casa ahorcado. Luego colgó. Aquello nos sentó como un jarro de agua fría. Enmudecimos. Por mi mente pasaron cientos de preguntas sin respuestas. No podíamos imaginarnos tan trágica noticia.

CAPÍTULO 4
EL CEMENTERIO

En aquél coche ambos permanecíamos en silencio, sin apenas hablar, observando la fría noche eterna que empañaba de nuevo la gran ciudad. A esas horas el tráfico era escaso, agradable de circular por allí pues para mí esa ciudad me traía de nuevo recuerdos pasados, felices en su mayoría, melancolía con la que había de vivir al estar sólo de paso. Pero en aquél instante, lo daría todo por regresar a los viejos tiempos y que nunca cayeran en el olvido.

Las luces de los edificios, los letreros iluminados de los comercios, bares abiertos y con abundante ambiente para ser un simple martes, pero un poco fuera de lo normal. Era el martes en el que justo una semana antes murió nuestro amigo, de ahí este lúgubre silencio que ni la música del vehículo evitaba ni nos animaba.

Pasamos muchos momentos juntos con David, sobre todo yo que admiraba su vida bohémica. Reímos en muchas ocasiones y lloramos en otras, sobre todo cuando fuimos perdiendo a nuestras amigas en trágicos sucesos. En años anteriores teníamos una pequeña fama de *"macarrillas"* propio de nuestra juventud, sobre todo él quien no dejaba sobrepasarse a nadie ni que le diesen bromas. En más de una ocasión nos habíamos visto envuelto en alguna reyerta de la que por lo general habíamos sobrevivido para contarlo, y era que en estos tiempos, ni en los botellones de antaño ni en los eventos donde se congregaban innumerables cantidades de gentes, se podía estar tranquilo. Es en esos lugares donde se daban sucesos tales como navajazos o botellazos, amén de peleas multitudinarias o estampidas a causa de la intervención policial. Pero aquellos tiempos los dejamos atrás y nos dedicamos cada uno a lo nuestro. Para mí, él era un ejemplo a seguir, aunque tenía una filosofía de vida muy particular. Era un mujeriego, se iba con muchas amantes ilusionándolas y luego olvidándose de ellas. Era, para mí, un *"Don Juan"* del que me hubiera gustado aprender algo más acerca de las mujeres. A él lo envidiaban muchas personas, tal vez por su forma de vestir o por sus cabellos largos, pero lo cierto era que fue perdiendo a los pocos amigos que tenía de pequeño. Y él me comentaba que los verdaderos amigos eran aquellos que no te enjuiciaban por tu aspecto, los que escuchaban sus penas y comprendían su mentalidad. Los que le aceptaban tal y como era, o sea, nosotros. No podía evitar dejar caer una lágrima al pensar en él y en la forma que decidió de abandonar esta vida, dejando tan sólo unos cuadros inacabados que quizá sus familiares los tiren. Era un motivo que me confirmaba mi forma de pensar, mi búsqueda de la inmortalidad a través de mis obras. Nuestras vidas estaban empañadas de muertes extrañas de nuestros seres queridos. Mi novia fue una de ellas. En estos momentos no podía evitar recordarla, ni el último día que la vi. Fue un siete de Diciembre en el que en la noche fría y estrellada la acompañé al portal de su casa donde nos besamos por última vez. Habíamos paseado toda la tarde y cenamos en un restaurante donde le regalé un detalle de aniversario. Ella se emocionó, soltó unas lágrimas y me besó apasionadamente. Luego llegamos a un parque cercano a su casa donde nos sentamos en unos columpios entre risas y caricias. Nos balanceamos como niños. Estábamos tan enamorados. En su portal de casa me despedí deseando volverla a ver, cosa que nunca sucedió. A la mañana siguiente apareció muerta en su cama, al parecer de forma natural aunque no se pudo determinar exactamente cómo había sido. Los médicos nos dijeron que podría ser una embolia cerebral pero era muy extraño que se diese en una persona tan joven y sana como ella. La policía estuvo investigando los análisis toxicológicos y su círculo más cercano, entre ellos a nosotros mismos. El caso se archivó como *"muerte súbita"*, descartando alguna hipótesis inicial de posible envenenamiento. Fue un trauma para mí en el que tuve que recurrir a la ayuda de psicólogos especialistas en temas como esos. Y cuando lo iba superando surgieron las muertes de otras amigas, incluida esta vez la novia de David. En esos casos tampoco pudieron determinar la causa de la muerte y no hallaron conexión entre las mismas excepto en la amada de David que fue asesinada y nunca encontraron al culpable. De nuevo nosotros estuvimos en el ojo del huracán. Nos estuvieron investigando un tiempo y luego desistieron. Aquello marcó definitivamente nuestras vidas, tanto la de Álvaro como las de Antonio y David, y por supuesto la mía. Hubo un tiempo tras los hechos en el que nos veíamos poco, nos encerramos en nuestras casas y apenas quedábamos para tomar algo. Poco a poco lo fuimos superando a nuestro modo, y cuando creíamos que todo no era más que una pesadilla olvidada, se nos fue David. Por lo visto él no lo habría superado, aunque conociéndole como le conocíamos, nunca pensamos que pudiese hacerse daño de esa forma, y menos el daño que dejaba atrás, el de sus ancianos padres o el nuestro. No podía entender lo sucedido, aunque en la mente de alguien que llegaba hacer eso sucedían infinidades e incomprensibles pensamientos que le obligaban de alguna forma a elegir uno mismo la forma de desaparecer de este inhóspito mundo. El suicidio era la libertad del alma según la creencia de este tipo de personas.

—Somos marionetas en un mundo de titiriteros —me dijo Álvaro al volante de su coche.

Sus palabras frías me asustaron. Arrastraba una gran pena en su ahora pálido semblante pues él estaba más unido íntimamente a David de lo que lo estábamos el resto. Tal vez fuese capaz de reaccionar de una forma inesperada para acabar con su vida y tal vez con la mía de algún volantazo inesperado, acabar así de una vez por toda con este reguero de muertes inesperadas de nuestros seres queridos y borrar todo pasado desgraciado. La verdad era que conociéndole bien podía hacer cualquier cosa de esas pues a mi juicio no estaba muy centrado con todo lo que se metía en el cuerpo y con su extraño rollo vudú. Tenía ideas radicales a cerca de la filosofía de la vida, y era violento aunque tan sólo un poco más que yo. En el fondo el ser humano era agresivo por naturaleza cual animal que llevamos dentro, y unos soportaban mejor las presiones de esta vida, otros por las circunstancias que fueren, caían en el abismo para no salir jamás de la prisión que se buscaban.

—Somos personajes de un video juego; en efecto, para mí esta vida no es más que un videojuego en el que cada paso que damos, cada momento en el que vivimos, sufrimos, amamos y odiamos, no es más que una etapa en este absurdo juego de la vida; y cuando llega el momento del *"game over"* no hay posibilidad de continuar insertando una moneda nueva, simplemente se termina, y da igual lo que seamos o cómo hayamos sido, da igual las cosas que hayamos hecho, da igual todo porque todo habrá acabado como en un suspiro —continuó casi con lágrimas en sus ojos.

—No se si habrá algo en la otra vida, no se si existirá el más allá del que se habla, ni tampoco se a dónde iremos a parar. Y en estos momentos, amigo, ya no se si existe algún dios porque constantemente me lo demuestran las calamidades de esta vida tan sufrida, y da igual el dinero que uno tenga, nadie es inmortal en este puto mundo donde ni las creencias antiguas o los mitos perdidos como el vudú particular y ancestral que practicaban mis abuelos hacen desaparecer las manipulaciones mediáticas en una o varias generaciones de analfabetos donde la violencia empieza no en las calles, sino en los despachos de los gobernadores —me dijo desvariando un poco con la política y acelerando aún más su coche por las avenidas de la gran ciudad, sin preocuparse por los radares fijos de esos de los que si te cogen a velocidades elevadas, automáticamente te quitan puntos o vas directamente a la cárcel por algún delito contra la seguridad del tráfico.

Como me iba diciendo, le daba igual todo, había perdido la ilusión por la vida, por su propia cultura y arrastraba una gran pena. Yo no podía aconsejarle y permanecía en silencio, más preocupado en la carretera y en llegar vivo a nuestro destino. A mi las cosas no me iban mejor. Yo también estaba sufriendo en silencio los problemas que intentaba solucionar a mi modo, sin que nadie se percatase de que los tenía, tan sólo lo sabían aquellos que en su momento conocieron la historia y me ayudaban con su silencio y apoyo.

—La materia no se destruye, sólo se transforma, y eso pasará con nuestro cuerpo, con nuestro muñeco de titiriteros. Lo que no se es en qué o en quién nos transformaremos, ni en que tiempo apareceremos. Y si eso ocurre, ¿seremos capaces de percibir, de recordar lo que éramos? El eterno olvido nos vuelve a rondar. Ya sea muertos o reencarnados en otra existencia. Y como he dicho antes no importa lo que éramos o hayamos sido, o lo que hayamos hecho en esta vida, todo desaparecerá cuando llegue el momento.

Al cabo de un rato, llegamos al cementerio donde nuestro amigo yacía. A esas horas de la noche estaba cerrado por lo que no dudamos en saltar la tapia. Cogimos unas linternas que llevábamos a posta y de un salto nos encaramamos a lo alto del muro sin que nadie nos oyera para nuestro bien.

Una vez dentro caminamos a oscura por entre las calles de los columbarios, antes de llegar a los panteones, cerca de las fosas comunes, con solo la escasa luz de nuestras linternas que creaba una tétrica atmósfera. Buscábamos las tumbas individuales, personalizadas con estatuas de distintas imágenes y formas, con ángeles o mujeres llorando, con héroes caídos en antiguos combates o incluso recreaciones de la propia muerte portando la temida guadaña entre sus esqueléticas manos. Las tumbas más simples iban desde cruces de piedra, cruces dobles, hasta lápidas simples, coronadas algunas con cruces o pequeños altares que simbolizaban la situación o el poder de la persona allí enterrada. Nosotros buscábamos un pequeño ara con pedestal coronado por una estatua. Lo que no sabíamos exactamente era qué tipo de estatua era.

La luz de nuestras linternas nos percató de un detalle curioso: junto a la lápida de un niño había una pequeña tumba con una cruz de madera. Era la mascota de aquél niño que a tan corta edad ya no estaba en esta vida, un motivo más para pensar de nuevo en la existencia del supuesto Dios que mueve nuestros hilos como comentaba Álvaro. ¿Con qué motivo se lo llevaría a su reino, para que fuese uno de sus ángeles esclavizados obligados a contarle sus misiones y mostrarles buenas caras para cuando los retratasen en mosaicos o enormes lienzos para aquellas iglesias en las que hoy día "los mercaderes de aquellos templos" son ya sus dueños? No quería ser escéptico de nuevo, pero las circunstancias me animaban a ello. La teoría de mi amigo cobraba más fuerza desde su creencia vudú occidentalista. No somos nada a ninguna edad, tan solo animales

con la capacidad racional de pensar en todo lo que nos rodea, entre otras cosas, pero cuando morimos, nada en nuestro interior ni permanece ni se transforma, tan solo desaparecemos y nos olvidan con el tiempo para seguir viviendo sin caer en la pena de los recuerdos. Yo creía que el alma era un invento más del ser humano, de esa capacidad de raciocinio que tenemos y por eso afrontamos sin temor a veces, la muerte en unas ocasiones, o peor aún, envejecer en otras.

En aquel cementerio, el silencio era ensordecedor, tan sólo el hecho de no oír nada parecía como si se oyera todo: las voces de aquellos desgraciados enterrados en vida, las voces en pena del olvido o los gritos desesperados del cruel destino que nos invitaba a quedarnos para siempre, con o sin alma.

El frío se hacía notar. De repente las estrellas desaparecieron en una espesa neblina, aún elevada como para envolvernos pero que aterrorizaba más aquel momento. Nuestras linternas estaban a punto de agotarse cuando de repente vimos la tumba que buscábamos. Su nombre resaltaba en la oscuridad iluminado de forma fluorescente. Allí estaba, era increíble, era una estatua muy expresiva a la vez que enigmática. Esa imagen parecía haberla visto en otra ocasión y no era en ningún cementerio. La materia de la que estaba compuesta desprendía un extraño brillo a la vez que la noche se hacía más y más oscura al irse ocultando lo poco que ya quedaba de luna. Recordaba esa imagen pero no sabía decir de donde la había visto antes. Tal vez de algún libro, tal vez de alguna película, pero no estaba del todo seguro. Ante ella nos paralizamos un momento, asombrándonos de su belleza, de su extraña forma de expresar el arte ante la muerte, una tétrica escenografía que nos calaba hondo y parecía como si nos dijese algo, como si quisiera comunicarse con nosotros, como si de alguna forma nuestro amigo estuviese representado en ella. Esa sensación ya la había vivido en otra ocasión.

—Aquí estamos amigo. No te hemos olvidado —susurró Álvaro ante la muda estatua.

—Te traemos un detalle para homenajearte —dije yo a la vez que saque del bolsillo interior de mi chaqueta una petaca que me dio Álvaro de su casa. El anís dulce era nuestra bebida preferida, pero a mi no me apetecía beber, aunque lo hice en su memoria.

Como en un acto de algún rito extraño, derramamos el contenido de la petaca a los pies de su tumba. Luego permanecimos en silencio un rato y después Álvaro pronunció unas palabras en su lengua materna que no entendía. Una mezcla entre el francés y el español donde abundaba mucho las erres. La tierra oscura se empapó de aquella dulce bebida de suave aroma que nos traía tantos recuerdos.

Después de un rato meditando, decidimos marcharnos del lugar por donde habíamos venido, pero en aquel momento nuestras linternas se agotaron del todo y nos perdimos en la inmensa ciudad de los muertos sin apenas luz, más bien completamente sin luz ya que las abrumadoras nubes ocultaban todo atisbo de luz celeste. Nuestros corazones palpitaban fuertemente, y reconocimos que teníamos miedo. A palmo entre las tumbas, cruces y panteones intentábamos encontrar el muro por el que saltamos pero cada vez que dábamos un paso parecía como si entrásemos de lleno en un laberinto de imposible salida.

Una suave brisa se levantó y un escalofrío entró por mi cuerpo. Sin embargo aún las nubes no se disiparon por aquella esperanzadora corriente de aire. Entretanto llegamos a lo que parecía un cobertizo, una especie de parque circular con bancos orientados para el sosiego de los familiares que visitaban a sus difuntos que descansaban entre las frías lápidas. Distinguimos con bastante dificultad lo que parecía una fuente en el centro de aquella circular estructura, rodeada eso si, de enredaderas, arbustos secos, rosales, cipreses y algunos pinos, lo que le daba un aspecto aún más lúgubre y siniestro. Decidimos esperar allí hasta que la luz de la luna se abriera camino entre las espesas nubes y de alguna forma poder enseñarnos el camino.

CAPÍTULO 5
INTERROGATORIO POLICIAL

—¿Qué fue lo que sucedió aquella noche? —me preguntó aquél tipo de tez oscura, bastante curtida por la edad, casi calvo y con vasto bigote.

Estaba en una habitación sin muebles, tan solo una mesa rectangular, un flexo apuntándome a la cara y un espejo al fondo justo a la izquierda de la única puerta al parecer metálica reforzada con remaches. Yo estaba sentado, no estaba amarrado de ninguna forma pero sentía que no era libre. Me interrogaban por lo sucedido la noche que al parecer fuimos al cementerio, noche que no recordaba con nitidez. Mis recuerdos eran borrosos, tal vez por la niebla de aquél día, tal vez por la oscuridad o por lo que hubiera podido beber hasta caer inconsciente. Lo cierto era que había olvidado algunos momentos.

Recordaba estar en una camilla en una habitación del hospital de aquella ciudad, pero no tenía claro de que fuese la misma noche, ni tampoco sabía qué tiempo llevaba allí. En urgencias me encontraba atado de brazos y piernas, con tubos y agujas en mis brazos. En un lado suero, en el otro algún tipo de calmante. Al parecer había tenido un ataque de histeria, de ira incontrolada, lo que me pudo haber causado esta amnesia temporal y repentina, o eso creía yo. Al menos era una respuesta lógica.

–¡Responde! ¿Qué pasó en aquél cementerio? ¿Para qué fuisteis allí? –continuó.

No lo recordaba pero prefería no contestar ninguna pregunta, mi mente se preocupaba más en medir las palabras que decía uniendo los escasos recuerdos de aquél momento. Tal vez nos pillaron allí dentro y llamaron a la policía, o tal vez sin querer rompimos algunas urnas con flores o mármoles de adornos, pero eso seguro que no era nuestro objetivo. También me preguntaba una y otra vez en mi interior para qué fuimos allí aquella noche. Fui con un amigo, tal vez él supiese más que yo. Debía decírselo a estas personas pero, y si no lo han pillado a él, entonces podría delatarlo, y no quería eso. Pero entonces por qué me hablaban en plural. Supongo que la poli habrá visto las huellas de nuestros zapatos en el césped y lo habrán deducido. Por lo tanto, según esa deducción, a mi amigo no lo habrían pillado. Pero qué hacíamos allí en aquél cementerio. Aún sigo buscando una respuesta, respuesta que mi amigo me podrá aclarar si él no estuviese en mi caso o hubiese perdido parte de la memoria. Mi psicoterapeuta me aconsejaba que para salir de cualquier problema sólo tenía que buscar en mi interior lo más fácil y sensato, pues lo complicado llevaba a soluciones absurdas y dispares con lo que nos enturbiamos el pensamiento. Pero de aquellas sesiones de terapia individual ya hacía mucho tiempo y fueron por otros motivos que por desgracia si recuerdo. En aquellas sesiones un doctor viejo y gordo me aconsejaba que buscara en mi interior, que sólo dentro de mi cerebro estaría la solución a todas esas preguntas que un día me rondaron el alma por las trágicas circunstancias que ocurrieron. Y ahora me pregunto de nuevo si cuando encuentre lo que busco en mis pensamientos no fuesen las respuestas que busco o sean totalmente opuestas a mi forma de ser actualmente, y por ese motivo mi mente haya reaccionado defensivamente olvidando aquellas partes de mi pensamiento. Puede que fuese eso lo que busco en realidad, una forma de evadir las respuestas, tal vez para que no me causaren dolor, o para que no dañasen a nadie cercano. Aún no lo sabía exactamente. Puede que en este caso fuese bueno olvidar y no contestar a ninguna pregunta. Pero y si las respuestas fuesen las que busco, y si con ellas pasase a una situación mejor. Eso sería lo más sencillo de lo que mi psicoterapeuta me hablaba y quizás fuese lo que en este interrogatorio quisiesen oír.

—¿No quieres hablar? Yo te haré recordar —dijo amenazándome.

Algo malo tenía que haber sido o de lo contrario, qué objeto tenía enfurecerse tanto. Si hubiéramos roto algo que no debiéramos tan solo lo pagaríamos y punto. Eso no tendría que ser tan grave como para que nos condenase a prisión, aunque en mi caso sería el primer delito que cometiese y se saldaría tan sólo con una multa administrativa, aunque en estos momentos no me podía permitir el lujo de pagar ninguna elevada sanción.

Aquél hombre me acercó una carpeta marrón. La abrí y entre unos documentos que no entendía me enseñó unas fotografías. En efecto, eran lápidas y jarrones rotas. No creí que fuésemos capaces de hacer algo así. Tal vez producto de la borrachera que me producía esta amnesia o quizás el genio de mi amigo se descontroló por alguna causa, nada que con una simple multa no se pudiera arreglar. Pero claro, el motivo de todo esto era el valor sentimental de las cosas. Supongo que a nadie le gustaría que les saqueasen los lechos de sus seres que-

DAVID MENDOZA

ridos por lo que pedirían alguna indemnización elevada por el daño moral. De nuevo sería una cuestión de dinero.

De repente vi otra fotografía. Era de una cruz manchada de sangre. No recuerdo que hubiese sangre, ni yo estoy herido en ningún sitio. No podía ser producto de alguna pelea porque no tengo rasguño alguno. Quizás mi amigo se peleó con alguien, tal vez con el vigilante. Pero había demasiada sangre lo que indicaba algún tipo de hemorragia producida por alguna incisión. Y ninguno íbamos armados aquella noche, eso lo recuerdo bien.

—¿Qué son estas fotos? —me atreví a preguntarle en el momento que cerró la carpeta y no me dejó ver las demás fotografías.

—¿No lo recuerdas? —me contestó con un tono de voz elevado en el mismo momento que una joven mujer de pelo castaño claro abrió la puerta y se acercó. Entre ellos susurraron algo que apenas entendía.

—No es él. Le han encontrado. Puede marcharse —le dijo ella sin quitarme ojo de encima. El hombre me miró y asintió con la cabeza.

En pocos minutos estaba fuera de aquella habitación. Seguía sin comprender nada. Me dijeron que no me fuese aún, que entrase un momento en una sala de espera porque me tenían que tomar unos datos. No entendía aquellas palabras que decían que lo habían encontrado. ¿A quién? ¿habrían encontrado a mi amigo y él sería el causante de los destrozos? Entonces hice bien en no decir nada sobre él pero, ¿se habría metido en algún lío aún más grave que la simple rotura de lápidas? ¿De quién era toda aquella sangre? ¿Estaría herido mi amigo, o peor aún, estaría muerto? ¿Y si fuese el pobre vigilante el que estuviese malherido? Cientos de interrogantes rondaban mi mente en aquellos momentos y no tenía respuesta.

Mientras esperaba fuera de la habitación, en el cuartel, sentado en un banco de madera alargado y sin decoración, similar a los que caracterizaban a las iglesias donde rezaban los creyentes, se acercó la joven policía y se sentó a mi lado. Me preguntó datos familiares y fecha de nacimiento y lo apuntó en una carpeta que sostenía entre sus piernas. Era una chica demasiado joven por lo que me impresionó que fuese policía judicial de la guardia civil. Vestía unos pantalones vaqueros y una blusa ceñida, marcando su esbelto cuerpo. Al contrario que la mayoría de los miembros de esa institución, caracterizada por un temible y horroroso uniforme verde e incómodo, los miembros de la policía judicial que investigan los delitos más seriamente, estaban exentos de llevar uniforme. Era curioso ya que creía que debían llevarlo todos sus miembros y sin embargo, incluso podían dejarse el pelo largo, cosa que me llamó la atención cuando vi a uno de ellos, con unas pintas que seguro nadie identificaría como agente de la autoridad de no ser porque llevaba su placa enganchada en su correa, justo al lado de su pistola que no estaba oculta completamente por su descuidada camisa mal abrochada. Llevaba barbas de apenas tres días y el pelo bastante largo a mi entender, y sin embargo paseaba sus andares entre sus mandos y respectivos compañeros con desdén. En fin, a mí me estaba investigando por el suceso del que no recordaba nada aquella bella chica que tampoco aparentaba ser lo que era. Su precioso rostro era digno de admiración y era inevitable que dejase de contemplarla con descaro. Pensé que en aquella *"empresa"*, con lo que había visto hasta la fecha y lo que conocía de la misma por mis datos históricos, no dejaban entrar más que a gentes acabadas, tipos amargados de gruesos bigotes, y por supuesto ninguna belleza como la que a mi lado estaba sentada tomándome unos datos. Era notable la evolución de los tiempos, tan sólo les faltaba cambiar el color del uniforme y desmilitarizarse por completo, para que en la memoria de este país se deje atrás y olvidado el temor de lo que en su día reprendieron estos uniformes. Era obvio que en estos días los chavales que entran a formar parte de esa institución lo hacían tan sólo para conseguir un puesto de trabajo como funcionario, una paga fija del Estado o tal vez buscasen una oportunidad en sus desafortunadas vidas al no conseguir por el camino de los estudios lo que con cuentagotas sólo consiguen los elegidos. Estaba muy alejado de la mentalidad de los jóvenes de ahora que la mayoría habían perdido la vocación, y devoción mejor entendida, por ese cuerpo. En fin, tenía mis resentimientos con esta *"empresa"* ya que, como buen historiador, conocía sus inicios allá por el siglo XIX de mano del Duque de Ahumada, su evolución histórica al frente de épicas hazañas y su represalia durante la dictadura hasta la modernización o domesticación del león salvaje, todo lo contrario del otro cuerpo de seguridad del Estado en el que de un simple gato están creando un tigre salvaje. Debía ser objetivo con estos temas históricos pero mi ética me lo impedía. Algún día escribiría un libro en el que muestre la verdad sobre esa institución. Mi pueblo no era muy grande pero tampoco pequeño y únicamente tenía competencia la guardia civil y la policía local. La policía nacional brillaba por su ausencia aunque no en la gran ciudad. Era eso lo que pasaba en los pueblos como estos donde aún no habían evolucionado en esos aspectos ya que otro cuerpo de seguridad les darían otros aires a los mismos, destruyendo los fantasmas del pasado y el caciquismo del presente aún existente que esa institución benemérita se empeñaba en mantener. Era curioso que todo esto que divagaba en mi interior resaltara las cosas malas que tenía este cuerpo y no era todo lo objetivo que debiera ser ya que cosas buenas tiene demasiadas. Lo que pasaba era lo mismo que en cualquier otra institución como por ejemplo en un equipo de fútbol donde un año llevara una trayectoria intachable y sin embargo cometieran errores en tan sólo un par de partidos. Este era el caso, lo malo dolía más que lo bueno y por ello este resentimiento. Y ahora estaba yo sentado en el cuartel, con una bella compañía eso si pero sin dejar de pensar de que era policía judicial y me estaba tomando datos personales para tenerme controlado. Aquella joven me dijo que me tranquilizase, que no me preocupase porque aún no había sucedido nada grave, tan sólo la aparición de cruces manchadas de sangre que resultaron ser no humanas, probablemente de algún animal, por lo que creían que se trataba de algún rito en el que investigaban si nosotros tendríamos algo que ver. Les llamó mucho la atención la psicosis del vigilante, encontrado con ataques de pánico diciendo que el mismísimo diablo se le había aparecido. Gracias a ello, por desgracia, nos exculpó de cualquier involucración con la sangre, aunque tan sólo quería saber qué hacíamos aquella noche en el cementerio. Ante su insistencia y mi confusión, le dije que no recordaba nada, que me habría dado un golpe en la cabeza al trepar la tapia pero que lo poco que creía recordar era que fuimos al cementerio de la ciudad donde enterraron a mi amigo para despedirnos de él por última vez, para brindar a su salud como él hubiese deseado, para contemplar la estatua que él quiso que se erigiera en su osario. Recordaba, eso si, la estatua que nos asombró durante unos instantes y que expresaba su figura caminando con los brazos abiertos en cruz, representando el hilo entre la vida y la muerte, el camino sobre una fina línea que delimitaba el bien y el mal y en el que en cualquier momento podía caer hacia un lado u otro. Por eso decidió acabar con su vida antes de que el destino lo impulsase a tomar alguna decisión equivocada, permaneciendo su alma a la espera de entrar en algunos de los dos reinos existentes, el de la luz y el de la oscuridad, encontrándose por desgracia en el de las tinieblas y tormentas que se representaba en los días grises que tanto había temido con razón pues mi deducción acerca de ello parecía acertada. Como temí aquella mañana en el tren, el día gris que amaneció, acabó con la trágica muerte de mi amigo. Por desgracia no me equivoqué. Tal vez, la voz que escuché en mi móvil, a la que no di importancia y que me decía que mantuviese los ojos abiertos a lo largo del día, fuese una premonición de lo que sucedería en mi entorno. O tal vez todo fuese fruto de mi inestabilidad emocional ya que me encontraba en un momento en el que había perdido a un amigo, no sabía nada del otro, y había perdido también parte de los recuerdos de aquella noche. Tan sólo cuando volviese a ver a Álvaro me explicase lo que sucedió aquella noche. Mientras tanto, mi divagación fue interrumpida por aquella chica que me volvía a preguntar sobre mi amigo el que se suicidó, ya que salió el tema a relucir. Le comenté algo sobre él, le dije que era algo así como un ídolo para mi por su libertad e independencia, por su forma de ver la vida y su forma de evadir recuerdos oscuros sobre nuestro pasado, es decir, sobre la pérdida de nuestras amadas respectivamente así como las de otras tantas amigas en lo que aparentaba ser muertes extrañas o súbitas sin relación aparente entre las mismas. También conversamos sobre ello, sobre lo mucho que me había costado superarlo y lo aparentemente tranquilo que estaba él. Obviamente no se lo expresaba a nadie pero en su interior estaba tanto o más destrozado que yo, no atreviéndose así a pedir ayuda y llegando sin remedio al extremo de apretar con sus propias manos el nudo de la cuerda que cuidadosamente sujetó en algún saliente elevado de su casa y en el que fríamente se descolgó para abandonarnos de esa desgraciada forma. Cada vez que lo pensaba mi estómago se retorcía en un dolor insoportable, y los bellos de mi cuerpo se me estremecían en un duro y persistente escalofrío. La joven se disculpó por haberme hecho recordar aquellos temas pero argumentó que era su trabajo, que me tranquilizase y que le informase de cualquier extraño suceso que tuviera lugar en lo que quedaba de mes. Para ello me dio una tarjeta con su nombre y un número de teléfono. Se llamaba Laura, al igual que la secretaria de la Universidad donde presenté mi libro de las bibliotecas durante el Renacimiento. Qué curiosa coincidencia, ambas tenían los ojos claros tirando a verde. Tras aquella conversación me marché del cuartel. Pensé que me seguirían algunos policías que me sería imposible de reconocer si vestían de "*paisano*", así que lo primero que decidí hacer fue dirigirme a una cafetería cercana para beberme un café y despejarme un poco de todo este asunto. Tras aquello me fui a casa a descansar.

Llegué a casa con un fuerte malestar general que no me dejaba ni respirar. Pensaba una y otra vez en todo lo que me había ocurrido e intentaba recordar lo que sucedió aquella noche en el cementerio. Me senté en el sofá de mi salón, casi a oscuras pues tan sólo había encendido la luz del pasillo de la entrada, y divagué en pensamientos absurdos sobre lo que podría haber pasado aquella noche. Me calaron las palabras que me dijo la joven policía sobre el estado histérico y psicótico del vigilante del cementerio, casi como yo debía haber estado en aquel hospital cuando me ingresaron pues no lo recordaba con claridad. Lo extraño era que decía haberse topado con el "*mismísimo diablo*". Obviamente en aquel lugar sucedieron hechos más importantes que los de haber manchado varias cruces de sangre o haber roto algunas lápidas. Allí se tuvo que dar algún tipo de ritual en el que probablemente unos payasos de alguna secta se disfrazaran de demonio para invocar a los espíritus o asustar al vigilante. Yo era reacio a creer en aquello pero debía reconocer que siempre había tenido mucho respeto por esos temas. Me debatía más por las explicaciones científicas y no por las parapsicológicas. Entonces, en el supuesto de que fuese alguna secta la que hubiere hecho los destrozos, ¿qué habría sido de Álvaro? ¿dónde se habría metido si cada vez que lo llamaba a su móvil aparecía el mensaje de voz de *"fuera de cobertura"* o *"desconectado"*? No sabía qué estaba sucediendo pero debía hablar con alguien de este asunto.

A eso de las tres de la mañana, cuando sospechaba que nadie podía seguirme, salí de mi casa asegurándome de ello y desconfiando de cualquier coche desconocido por la zona, en dirección a la casa de Antonio.

—¿Qué sucede a estas horas? —me preguntó Antonio extrañado cuando en pijama me abrió la puerta de su casa.

—¿Puedo entrar?, te lo explicaré.

—Por supuesto, no te quedes fuera que hace frío.

—No sabía a quien acudir y pensé en ti. Necesito tu ayuda —le comenté bastante confundido.

Nos sentamos en su salón y me sirvió una copa de aguardiente para que me tranquilizase. Luego le conté todo lo que me había sucedido en las últimas cuarenta y ocho horas. Él no daba crédito a lo sucedido. Tampoco sabía qué aconsejarme, tan sólo intentó llamar a Álvaro desde su móvil y también le salían los mismos mensajes de voz que a mí. Permanecimos en silencio unos minutos, contemplando el vacío. Aquella casa me ponía los pelos de punta cuando veía los cuadros que en sus paredes estaban colgados con suma delicadez.

—¿No recuerdas nada de lo que sucedió en el cementerio? —me preguntó de nuevo rompiendo el silencio del momento.

—Para mí todo es borroso. Tal vez me di algún golpe en la cabeza porque recuerdo por unos instantes que desperté en el hospital. Luego, lo siguiente que recuerdo es que estaba en el cuartel del pueblo tomándome declaración por lo sucedido. Todo es tan extraño.

—Lo mejor es que descanses esta noche y mañana tal vez tengas las ideas más claras. Si quieres te puedes quedar aquí, te prepararé un sofá cama para que estés cómodo.

—No te preocupes. Volveré a mi casa y te llamaré por la mañana, aunque tal vez debiera volver al cementerio para ver si estando allí recuerde algo.

—No creo que esa sea la solución porque si te ven por allí y te pillan de nuevo, te puedes meter en un lío más grave. Lo mejor será que descanses.

—Tienes razón —le contesté después de asentir con la cabeza, terminándome la copa de un sorbo. Luego me marché de la casa de Antonio.

—¡Cuídate y descansa! Mañana será otro día —me dijo despidiéndome.

Nada más cruzar la esquina de la calle donde vivía Antonio, observé una figura a lo lejos que permanecía quieta contemplando mis pasos. No lo pude distinguir bien y me asusté un poco ya que era muy tarde y todo estaba muy frío y lúgubre al levantarse una neblina que tan sólo cubría hasta las rodillas. Era el típico ambiente de la vieja ciudad de Londres en el que tantas películas de terror ha inspirado. Seguí caminando y aquél tipo que vestía de oscuro comenzó a seguirme manteniendo la distancia. Pensé que sería un policía que me estaría controlando por el tema del cementerio así que aligeré el paso. Las farolas parpadeaban sintiéndome más inseguro en aquellos momentos. Decidí tomar la primera esquina a mi paso y esconderme para sorprenderle y eso hice. Tras un contenedor de basura, entre un fuerte olor a huevos podridos me escondí e iba contemplando cómo su sombra cada vez se iba acercando más a mi posición. Debía tomar fuerzas y golpearle, al menos empujarle para tener el tiempo suficiente de despistarle y llegar a casa a salvo. En el silencio de la noche dejé de escuchar sus pasos y me extrañé que se hubiera detenido allí mismo. Le había perdido de vista y ni siquiera apreciaba su sombra en la pared. La niebla iba aumentando en espesor y las farolas de la calle se apagaron completamente. Tan sólo la luna se hacía un hueco de nuevo entre las nubes para poder alumbrar algo aquellas sinuosas calles. De repente, y sin percatarme de ello, noté un brazo en mi espalda, cogiéndome del hombro. En un primer momento quedé paralizado, luego reaccioné sobresaltado y girándome hacia él.

—No te asustes —escuché ante mi sorpresa. Luego pude comprobar de que se trataba de Álvaro.

—¿Qué haces aquí? ¿dónde te habías metido?, te hemos estado llamando al móvil y la policía te está buscando —dije casi tartamudeando de los nervios.

—Además, me tienes que aclarar qué sucedió aquella noche en el cementerio —continué.

—Eso tan sólo te lo puedo explicar "*in situ*".

—¿Insinúas que debemos volver al cementerio?

—Así es, sólo allí te mostraré lo que sucedió, sólo allí lo podrás comprender. Tan sólo tienes que confiar en mi y en nadie más.

—Pero, ¿y si nos pillan la poli de nuevo en aquél lugar?, se nos caerá el pelo, nos meteremos en un buen lío.

—No te preocupes, eso no sucederá. Debemos darnos prisa, ven, sígueme.

Eso fue lo último que dijo en aquél momento, luego aligeró el paso en dirección a donde tenía su coche aparcado. En el más completo silencio nos montamos en él. Cerró la puerta de un fuerte portazo, como si estuviese enfadado o nervioso por algo. Se puso el cinturón y comprobó los espejos retrovisores. Arrancó el coche y encendió las luces antiniebla. Yo también me amarré con el cinturón. Salió del aparcamiento, con sumo cuidado eso sí, y puso rumbo al cementerio de la gran ciudad. No me atrevía a preguntar nada más y él tampoco soltó una palabra. Lo cierto era que sucedía algo extraño en aquél cementerio y mi amigo tenía algo que ver. Tal vez fuese él el causante del ritual, de una especie de vudú de sus antepasados ya que era una magia muy poderosa según había leído acerca de ellos. Con la llegada de los esclavos africanos a *"las américas"*, entre los siglos XV y XVI, la religión vudú se estableció en Haití, lugar de nacimiento del padre de Álvaro. Su madre era de este pueblo. Durante la época colonial, el vudú fue suprimido, destruyendo sus capillas y matando a sus fieles para que no surgiese ninguna amenaza para el cristianismo. Sin embargo no fueron destruidos del todo y quedó limitado a unos pocos seguidores que se ocultaron en sociedades secretas pasándose sus tradiciones de padres a hijos, adorando a los *"loa"* o seres superiores, según tenía entendido, en reuniones por supuesto secretas donde se realizaban ofrendas de bebidas *"vudú-rada"*. En realidad se trataba de una fe africana de hacía unos cinco o seis mil años de antigüedad basada en el culto de la serpiente o *"damballah"* según creía recordar, y sus opositores hicieron creer al mundo que era una creencia siniestra y abominable por lo que tenía que desaparecer y ser exterminada. No tenía claro que Álvaro tuviese algo que ver con ese asunto del vudú, de los *"mantras"* o rezos, o de las bebidas *"vudú-rada"*, aunque de él me podía esperar cualquier cosa ya que se fumaba desde plantas de marihuana, cultivadas en su mayor parte por él mismo, hasta pétalos de rosas y otras plantas que él creía que eran medicinales, saliéndose de los tópicos de la sociedad. Llegó incluso a cultivar tabaco y a fabricarse él mismo sus cigarrillos-puros con un aroma muy particular. Por suerte para él, nunca había tenido problemas con la ley en ese aspecto, o por lo menos eso tenía entendido, ya que nunca había sido pillado con sustancias ilegales. Era todo un personaje y me extrañaba que estuviese tan serio, ocultándome algo que sin duda esperaba descubrir esa misma noche.

CAPÍTULO 6
EL CUARTEL

—¿Qué te dijo aquél tipo? —me preguntó de nuevo aquél policía judicial en la sala de interrogatorio acompañado de la chica joven, ambos armados.

—¿Quién?

—¿Ese tipo negro?

—De raza negra, no lo insultes, es amigo mío?

—Perdona, no creo que haya faltado a nadie, tan solo usaba la terminología mundial para referirme a una persona natal del país de los negros, es decir, de Níger.

—Eso no es historia, es hipocresía, terminología colonial de la prepotencia mundial sobre los más pobres que nadie ha dejado desarrollar.

—Está bien, ¿qué te dijo tu amigo antes de morir?

—¿Cómo?

—¿No lo sabías? Cuando llegamos tu amigo estaba muerto y allí no había nadie más que tú.

Aquello me dejó frío, mudo, meditabundo... No lo creía. En realidad no creí lo que vimos en aquél cementerio.

—Regresamos al cementerio, mi amigo insistió, y después de conversar un rato, caminando por aquellas calles de los muertos, nos escondimos tras un arbusto y permanecimos en silencio un rato, aunque no recuerdo bien lo que vi porque la noche era muy cerrada —les dije.

—Aún no sé por qué Álvaro insistió tanto en ir aquella noche y escondernos en aquél arbusto, tal vez para que el vigilante no nos encontrase. Luego un temblor me entró por todo el cuerpo, pero no era un temblor normal, era como si me estuviese entrando epilepsia, algo que nunca he tenido ni tengo constancia de que en mi familia la hubiere habido. Después de aquello lo único que recuerdo es que corríamos de pánico buscando la salida. Él me ayudó a saltar el muro y salí corriendo al ver las sirenas de los coches de la policía nacional. Él se quedó dentro buscando otra salida para que no lo pillasen, pero por lo visto, nunca salió de allí… —continué con algunas lágrimas en mi pálido semblante.

—Es la segunda vez que te tenemos aquí por el mismo motivo, aunque esta vez hay una muerte por medio. Tu historial nos dice que también te investigaron hace unos años por otras muertes al parecer de causas naturales, aunque no pudieron probar tu culpabilidad ni la de tus amigos, y en este caso por desgracia no tenemos ninguna prueba sólida que te inculpe con lo sucedido, aunque esta vez no te vas a ir de aquí tan fácilmente —me dijo Laura, la joven policía.

—Te estaremos vigilando y por tu bien espero que no seas culpable ni que intente ninguna tontería más, y por supuesto no se te ocurra salir del país —continuó.

—Acompáñeme —me dijo saliendo de aquella horrible habitación y conduciéndome hacia otra, al parecer más tranquila, una especie de sala de espera donde de nuevo nos sentamos.

—Ahora te haré unas fotografías, una reseña, te tomaré las huellas de tus dedos, de las palmas de las manos y de tus zapatos, por favor, no opongas resistencia y facilíteme el trabajo.

—No se preocupe, no tengo ánimos para ello —le contesté accediendo a todo lo que me pedía.

De un cajón del escritorio que teníamos justo enfrente de las sillas, sacó un tintero y unos papeles. Abrió una caja de guantes de látex y se puso un par de ellos para no mancharse las manos. Después comenzó a escribir mis rasgos y mis referencias según pude apreciar de reojo. Me preguntó acerca de mi peso y se lo dije aproximadamente, pues últimamente comía poco porque estaba muy nervioso con las cosas que me estaban pasando. Tras ello, cogió una especie de rodillos, lo mojó con una brocha del tintero en el cual había tinta negra, y me refregó ambas manos con ello. Luego, me colocó uno por uno los dedos de ambas manos en unos recuadros de una nueva hoja, preparado para ello, con indicaciones escritas al pie de las mismas en letra muy pequeña. Después hizo lo mismo con las palmas de mis manos. Tras ello me dejó un poco de papel fino de cocina para que me limpiase las manos. Me pidió los zapatos y me los quité a mi ritmo, ni muy rápido, ni lento. Cuando se los di ya tenía preparada un par de hojas donde pensaba impregnar las huellas de los mismos una vez entintados. Después me dio más papel para que intentase quitarle la tinta a las suelas. Le refregué el papel hasta que más o menos había desaparecido toda la tinta y me los puse. Seguidamente se acercó de nuevo al escritorio y extrajo una cámara de fotos digital de buena calidad. Mientras la preparaba se acercó al fondo de la habitación donde había una cortina que cubría todo el lateral de la misma y la corrió descubriendo una pared blanca con una regla para medir la altura de las personas. Me dijo que me acercara y me colocase de frente junto a la regla. De esa forma me sacó una foto. Luego me indicó que me pusiese de perfil y de semi-perfil para realizar nuevas fotografías. Me preguntó si tenía algún tatuaje o marca de nacimiento. Le dije que no me gustaban los tatuajes y que por suerte no tenía nada extraño en mi cuerpo. Tras el procedimiento de mi reseña, me indicó que me sentara mientras ella guardaba sus útiles. En una carpeta, que supongo sería mi expediente, guardó los papeles con mis huellas. Me miró fijamente y se acercó a mí. Luego se sentó a mi lado.

—Siento mucho lo de tu amigo —me dijo.

—No comprendo que pudo suceder, apenas recuerdo nada, todo estaba muy oscuro y me empecé a sentir mal dándome convulsiones —le contesté.

—Recuerdo que corrimos por aquellas calles repletas de lápidas y arbustos, de cipreses y cruces, de estatuas y panteones que aterran pensar de nuevo en ello.

—Estamos colaborando con la policía nacional ya que el cementerio donde están ocurriendo estos extraños hechos es competencia de ellos, y tu amigo se encuentra en el anatómico forense de la ciudad a la espera de la autopsia para determinar las causas de la muerte. Allí no encontramos a nadie más, ni nosotros cuando nos llamó la central para que acudiéramos al cementerio, ni la policía que llegó antes que nosotros, por lo que eres tú el único sospechoso. Ahora te llevaremos al juzgado de guardia donde probablemente te suelten bajo fianza, aunque no podrás salir de la ciudad mientras dure la investigación —argumentó.

—No se preocupe, no iré muy lejos pues no tengo nada que esconder.

Mi mente estaba aún más confundida y ahora temía por mi vida. Me llevarían al juzgado donde pasaría lo que la joven Laura me comentaba, pero, ¿y si no podía demostrar mi inocencia? Debía buscarme a un buen abogado.

CAPÍTULO 7
RECUERDOS DEL PASADO

Ese olor a vainilla me despertó de mi letargoso sueño. Apenas recordaba lo que había soñado pero algo me susurraba realmente cual era el motivo. Ese olor tan dulce me recordaba al amor que perdí una vez, pero no sabía de dónde provenía en este inhóspito hogar. Mi casa estaba vacía, nadie lo había frecuentado últimamente con todo lo que había ocurrido y por las atrocidades de las que me habían acusado. Había salido aquél día por la mañana del juzgado donde me interrogaron cruelmente. Me acusaban de los destrozos del cementerio, pero por suerte para mi no me acusaron de la muerte de Álvaro ya que de nuevo el vigilante me exculpó diciendo que en aquel lugar había alguien más, al menos dos personas las cuales la policía había empezado a buscar. El vigilante me serviría de ayuda si pudiese contactar con él pero sería muy difícil ya que la policía pretendía que me presentase en el cuartel cada fin de semana para asegurarse de que no me había escapado.

Tenía las ventanas cerradas durante todo el día, no quería tener contacto con el mundo exterior, y la luz eléctrica estaba tiñendo mi piel cada vez más pálido como si perdiera la vida día a día. Por eso era extraño que aquél dulce aroma proviniese de la calle. ¿De dónde emanaba aquello que tantos recuerdos me traían a la mente? Recordaba lo que quería olvidar y de lo que mi psicoterapeuta se encargó de hacer con una medicación efectiva, pero ahora nada de aquello servía para recordar el dolor que un día me asoló, el alma que se me fue tan trágicamente arrebatada por el cruel destino que nos unió aquella noche entre copas y luces de colores, enamorándome su sonrisa, su mirada, su aroma a vainilla que suavemente bañaba su cuello cada noche que nos veíamos. Ahora tan solo es un recuerdo, un sueño del que no quiero despertar en este momento pero se que este dolor acabará pronto conmigo si no consigo aceptarlo.

La noche que la conocí me deslumbró su sonrisa y me acerqué a ella para saber su nombre. Nuestras miradas se cruzaron y por un instante quedamos paralizados como sabiendo que no era un simple encuentro. Mi interior me decía que no me fuera de aquél sitio sin ella. Entre sonrisas y preguntas indiscretas nos fuimos conociendo, pero era distinto porque por primera vez me sentía a gusto, cómodo, libre con una chica más que con el resto de mis amigos. Bastó una mirada profunda entre la niebla que se levantó cuando íbamos caminando entre las frías calles para que nuestros corazones se fundiesen en mil latidos, susurrándose entre ellos lo más bello que se podía decir desde nuestro interior. Fue algo mágico, era como si bailásemos al son de una balada entre las nubes del cielo que bajaron para que sus ángeles nos acompañasen con sus cánticos. Después el frío hizo que nuestros cuerpos se acercasen cada vez más, acurrucándonos entre nuestros abrigos y dándonos el primer abrazo para entrar en calor entre risas nervio

sas y temblores del alma al tenerla tan cerca. De repente un beso hizo que desapareciese todo a nuestro alrededor. Era la primera vez que sentía algo así. Aquél beso me llenó el espacio de mi alma que permanecía vacío, colmándose durante varios años hasta que, por desgracia, de nuevo mi alma permanece más vacía que nunca y con el eterno dolor de que jamás se llenará como en aquellos días mágicos.

Las lágrimas que intenté ocultar durante todo este tiempo, ahora se me derramaban buscando de dónde provenía este aroma a vainilla. Mi casa permanecía vacía y no encontré nada hasta llegar de nuevo a mi habitación. Sentada a los pies de la cama allí estaba ella, vestida con sedas blancas, cabizbaja, permanecía en silencio pero era como si su presencia me calmase, como si a través de mi pensamiento me dijese que no tuviese miedo, que la escuchase. Me quedé paralizado sin saber qué hacer ni decir. Me miró y seguía tan linda como la primera vez que la vi, pero esta vez su rostro estaba triste, a punto de llorar. Era como si tuviese pena hacia mí, como si me quisiese avisar de algo malo, pero no era capaz de comprender nada en aquél momento ya que después de tanto tiempo la volvía a ver y no era capaz de decirle nada, de abrazarla, de gritarle lo mucho que la seguía queriendo, aunque de alguna forma sabía que ella me entendía, era como si leyese mi pensamiento, y me calmaba con su mirada, con su aroma a vainilla. Entendía que no quería que llorase por ella, que cuidase mi vida y que no hiciese ninguna locura para estar con ella porque de ser así, los que se suicidaban nunca iban al cielo, sino que permanecían en un eterno purgatorio en el que constantemente vivirían sus penas y sufrimientos hasta que la locura se apoderase de ellos sin solución. Su presencia allí empezó a tranquilizarme y no quería que se marchara, quería hablar con ella, oír de nuevo su voz, pero no pronunció nada, tan solo se levantó y se acercó a mí despacio. De nuevo sentí lo que me enamoró de ella la primera vez que la vi, sentí calma, tranquilidad, desosiego, amor. Nos miramos durante unos segundos directamente a los ojos, y sonrió levemente como si también recordase lo mucho que la quería. Luego desapareció. De un grito desperté en la cama, estaba todo a oscura y no olía nada a vainilla. Había sido un extraño sueño en el que volvía a verla, pero parecía tan real. Quizás con todo lo que me estaba pasando mi subconsciente me estuviese haciendo malas jugadas. Tenía tantas presiones, por la policía que me investigaba, por mis amigos muertos en tan poco tiempo, por Antonio que se comportaba muy raro últimamente, como si no le diera importancia a las cosas que estaban sucediendo, por el pasado que aún yo no olvidaba. Tal vez necesitara huir lejos de aquí y empezar una nueva vida en algún remoto sitio donde nadie supiese quien era, pero eso sería un acto de cobardía, debía aguantar y afrontar la realidad, pero se me estaba volviendo todo cuesta arriba y no sabía si sería capaz de superarlo.

Después de aquel extraño sueño en el que creí verla, me incorporé de la cama, me acerqué al escritorio de mi habitación y me senté en la silla permaneciendo un instante meditativo. Estuve a oscuras un rato hasta que encendí un flexo. Luego abrí el segundo cajón de la mesa y saqué del mismo un álbum de fotos. Quería verla de nuevo y contemplé las fotos que nos hicimos uno de los días que viajamos por la gran ciudad junto al río. Aquél día paseamos toda la tarde y nos sentamos en el césped a la orilla del río contemplando a los piragüistas entrenar y las embarcaciones de recreo que surcaban el mismo. Nosotros nos besamos apasionadamente. En aquél momento, viendo las fotos de ella me emocioné y dejé escapar unas lágrimas que bajaron por mis mejillas lentamente. También contemplé las fotografías que nos hicimos en un merendero donde nos balanceamos en un columpio entre sonrisas y suaves gotas de lluvia cayendo sobre nosotros. En la última página del

álbum estaban las fotos de nuestros amigos una noche en la que hicimos un botellón en la plaza del pueblo, rodeados de amigos y amigas que antes teníamos en común. En aquellas fotografías aparecían nuestras amigas, las que murieron de forma natural según sus familias. También aparecía la novia de David, tan sonriente y simpática. Su muerte fue trágica, pensé que aún estaba siendo investigada por la policía porque no encontraron a su asesino. De aquello también me culparon a mí en un principio. Junto a ella la abrazaba David, ambos parecían tan felices. Ambos están ahora muertos, al igual que Álvaro. De la fotografía quedábamos Antonio y yo. Todo era tan extraño. No sabía si todo aquello tendría algo en común o estaba relacionado de alguna forma con los sucesos del cementerio pero la verdad era que estaba asustado.

El día de la muerte de la novia de David, los perros aullaron como lobos en pena cuando llegó aquella triste noche. Hasta la luna parecía llorar por lo sucedido, e incluso una ilusión óptica me hizo creer que se había teñido de sangre, la misma sangre que había derramada en el suelo y sobre mis manos. No me explicaba qué hacía yo con ese puñal de plata que en cualquier escritorio habría quedado bien como pisapapeles o abrecartas pero en aquél momento había tomado la función que en realidad se esperaba de una cosa así. Empapado de sangre lo tiré al suelo, junto a los pies de aquella chica morena que yacía bocabajo con varias profundas heridas de aquella arma en su espalda. Intenté reanimarla dándole la vuelta pero fue inútil. Su pulso se dejó de oír, su corazón se detuvo, y su último aliento entre lágrimas se perdió en lo más profundo de aquél callejón sin salida. Su bello y fino rostro me era familiar aunque con los nervios no pensaba con nitidez. En mis brazos murió aquella joven sin que pudiese hacer nada por ella.

A lo lejos vi a una persona vestida completamente de oscuro que se marchó cuando se percató de que le observaba. No pude verle el rostro ya que la oscuridad se lo ocultaba. Pensé muchas cosas, pensé que tal vez fuese el asesino que escapaba o simplemente algún transeúnte que pasaba por allí y por lo tanto vería la situación y creería que yo sería el asesino de aquella chica y por lo tanto llamaría a la policía. Así fue, en breves instantes vi el reflejo de las luces acercándose cada vez más al callejón. No podía huir, no debía temer nada pues yo ya la había encontrado así y lo único que intentaba hacer era ayudarla aunque sin éxito. ¿Entendería eso la policía si en el mismo puñal que extraje de su espalda tenía mis huellas impregnadas en su mango? De todas formas me quedé allí sabiendo que últimamente estaba teniendo demasiados problemas con la justicia.

Lo primero que hizo la policía fue salir del vehículo velozmente con las armas en sus manos, encañonándome, gritándome y obligándome a que me tendiera bocabajo en el suelo con los brazos abiertos en cruz y las palmas de las manos hacia arriba. Me estaban deteniendo y no escuchaban lo que les decía. Me leyeron mis derechos como si fuese un criminal. Derecho a guardar silencio, a no declarar si no quiero, a llamar a un familiar, a solicitar un abogado, a pedir un médico o a llamar a un intérprete si fuese extranjero. En principio ellos hacían su trabajo y pensé que luego se aclararían las cosas o eso esperaba yo.

Aquello fue una de las trágicas cosas que me pasaron hace ya unos años. Ahora cada noche despierto teniendo esa misma pesadilla. La chica del callejón resultó ser la amada de mi amigo David, el que se suicidó hacía pocos días, el que fuimos a despedirnos al cementerio en un par de ocasiones y que aún no recordaba exactamente lo que nos pasó dentro del mismo. En su día, mi abogado logró demostrar que yo no era culpable de la muerte de aquella joven, y lo mejor de todo fue que mi amigo me creyó. Nunca dieron con el asesino pero nos tuvieron a todos bajo vigilancia, nos investigaron a todos y probablemente ahora estén relacionando aquel caso con lo sucedido últimamente, aunque la verdad era que todo estaba confuso.

CAPÍTULO 8
EL VIGILANTE

A la mañana siguiente me desperté temprano, me vestí de prisas como si tuviese algo que hacer, la verdad era que seguía nervioso por todo lo ocurrido. Aún no era capaz de recordar nada con nitidez, todo eran escasos reflejos como los sueños que en la fase de adormecimiento solían aparecer y que de ellos sólo se recordaba la tercera parte. Estaba asustado por mi salud y por lo que podría ser de mí, de mi currículum que tanto había luchado por conseguir, de mi imagen que aparecía en la contraportada de los libros que me habían publicado. ¿Qué sería de ello si saliese a la luz cosas como estas?, me teñirían de loco, psicópata o algo peor. No dejaba de darle vueltas al asunto. Me vestí completamente de negro, quería asistir al funeral de mi amigo, pero estaba controlado por la policía. Abrí un poco la persiana del salón que daba a la calle y comprobé que un coche que no solía ver por allí se encontraba estacionado cerca de la esquina. En su interior había dos figuras que no pude distinguir bien, y probablemente fuesen los polis que me estarían controlando. Vestían de paisano y no los reconocía. Tal vez no fuesen polis y estuviesen allí por otro asunto, lo cierto era que me estaba montando una psicosis que no me dejaba ni comer. Yo no había hecho nada malo, o eso esperaba, y sólo una persona me creía, era el vigilante del cementerio el cual dijo que aquella noche había al menos dos personas más en el recinto. Habló también del diablo, pero no lo creía. Todo empezaba a teñirse de misterio. Debía localizarle y hablar con él, y para ello tenía que viajar a la ciudad de nuevo sin que la poli me siguiera.

Lo primero que hice al salir de mi casa fue comprobar que al iniciar la marcha nadie me seguía. Caminé con precaución dando vueltas sin sentidos a las calles para confundir al que me estuviese siguiendo, en caso de ello, y que no supiese lo que iba hacer. Después me detuve a ver un escaparate de zapatos. Hacía frío esa mañana. Continué mi marcha. Tenía el estómago vacío y decidí desayunar en el bar de mi colega Jesús, que me cogía de paso hacia la estación de trenes. Entré y había poca gente. Allí estaba Jesús y un camarero nuevo que no conocía. Los saludé y les pedí lo de siempre. Se acercó a mí y me dijo que sentía lo de David, pues se había enterado porque era la novedad en el pueblo y no se hablaba de otra cosa. Por lo visto, aún no sabía lo de Álvaro. Me dijo que no se esperaba que hiciese algo así. Yo respondí lo mismo. Aquello nos cogió por sorpresa a todos. Tras unos segundos en silencio, se volvió hacia la máquina de café y preparó uno para servirme. Lo vertió en un vaso pequeño que colocó cuidadosamente en un platito para que no se derramase y manchara la barra del mismo. Estaba muy acostumbrado a ello y no dejó caer ni una gota. Luego, de la estantería que había a su derecha cogió una botella de anís dulce, alargando el brazo con dificultad pues se encontraba un poco elevada, y me echó en el café un chorrito del mismo, tal y como me gustaba a mí. Luego me puso en el platito una cucharilla para el café y un sobre de azúcar. Me miró serio, como apenándose por lo ocurrido, y se alejó para atender a otros clientes que le reclamaban. El otro camarero se encargaba por lo visto de recoger los vasos y platos sucios de las mesas, de lavarlos y de preparar las tostadas que le pedían. Esperé unos instantes a que se enfriase el café, le eché la azúcar y lo mezclé con la mirada perdida en el vacío. Dándole pequeños sorbos me lo iba bebiendo cuando entraron dos personas que no solía ver por el pueblo. No me sonaban sus caras por lo que pensé que podrían ser los polis que me estarían siguiendo. Se pusieron en la otra punta de la barra y por turno me miraron de arriba hacia abajo, controlándome los movimientos y la ropa por si llevara algún objeto que ellos pudiesen identificar como arma. Podrían incluso no ser lo que yo me pensaba que eran y que tan sólo me mirasen por mirar, como se puede mirar a cualquier persona. Me estaba volviendo psicótico y eso me preocupaba porque nunca podría estar tranquilo en ningún sitio. Me puse de espaldas a ellos y me terminé el café con anís, luego le dejé el dinero encima de la barra, diciéndoselo a Jesús, y me marché a toda prisa. Me había quedado con sus caras por si volvía a verlos en otra ocasión. Uno era un tipo canijo, con la cabeza y la barba completamente afeitada, y vestía una camisa celeste por fuera del pantalón vaquero. El otro era algo más bajo pero también delgado. De igual forma tenía la barba recién afeitada, pues se le apreciaba un pequeño corte de eso de los que hacían las cuchillas de afeitar cuando el vello no sale. Vestía camiseta azul con un dibujo de un par de palmeras en el pecho y el nombre de un bar bajo ellas. Destacaba éste por ser rubio y tener los ojos azules. Ambos estaban muy serios y apenas conversaban entre ellos, y eso fue lo que me pareció extraño. Aligeré mis andares en dirección a la estación para coger el siguiente cercanía que me llevase a la gran ciudad.

Una vez en el tren, me senté en el último vagón para controlar quién accedía a la estación y quién subía al tren. Una pequeña alarma que indicaba el cierre de la puerta sonó y posteriormente el tren comenzó a moverse lentamente para ir aumentando su velocidad progresivamente. Pude controlar que aquellos dos tipos del bar no subieron al tren, por lo que podría ser imaginaciones mías que me envolvieran en esta confusa paranoia. En el vagón había una temperatura agradable, más bien fría. Había poca gente. El tren se movía a gran velocidad e hizo paradas en las estaciones de cercanía a su paso. De repente mi móvil sonó y me incomodé antes de cogerlo. Pensé que me sucedería lo mismo que el día en el que presenté mi libro sobre las bibliotecas y dudé en cogerlo, pero no cesaba de sonar, al parecer el que fuese insistía demasiado. Lo dejé sonar ante la mirada de una anciana que viajaba unos asientos más adelante y que no entendía por qué no lo cogía. Al cabo de unos segundos volvió a sonar. Esta vez lo saqué del bolsillo del pantalón y miré su número. En efecto había sido el mismo número las dos veces que había llamado, pues salía en la pantalla del móvil el número dos entre paréntesis al lado del nombre de quien llamaba. Era Antonio y le contesté. Al parecer me dijo que la policía había estado en su casa haciéndole preguntas, que le habían comentado lo de Álvaro y le habían preguntado por mi. Él se sentía también confundido y me preguntaba dónde estaba. Yo le dije que todo era extraño, que apenas recordaba nada, que la noche en la que salí de su casa me encontré con Álvaro y fue la última vez que le vi antes de que la policía me dijese que le habían encontrado muerto. Debía indagar sobre el asunto y recordar lo que había olvidado. Él me dijo que no hiciese nada, que lo dejase en manos de la policía para que no me metiese en ningún lío más. Yo no le hice caso. Conversé un pequeño rato sobre lo ocurrido y le di mi punto de vista, seguidamente se cortó la comunicación al entrar el tren en un tramo subterráneo donde estaba la siguiente estación en la cual debía bajarme. Me guardé de nuevo el móvil y no pensé en llamarle más, el haría lo mismo.

Una vez fuera de la estación me dirigí hacia la parada de taxis que justo había en frente de la salida al exterior de aquél apeadero y que en el interior de los mismos esperaban los conductores para que los usuarios le reclamasen sus servicios. A uno de ellos me acerqué y le dije que me llevase al cementerio. Sin apenas decir nada iniciamos la marcha por las avenidas de la gran ciudad, hacia las afueras, pues el cementerio se encontraba alejado del centro, cerca de un polígono industrial donde apenas habían casas o pisos por la zona y lo que sí había eran muchos solares vacíos, naves derruidas por el tiempo y un viejo parque tras la explanada de los aparcamientos del mismo. Llegamos en apenas diez minutos, de no ser por el tráfico o los semáforos habríamos llegado antes. Le dije que me esperase en la entrada pues tan sólo debía encontrar al vigilante y hablar con él. El taxista me dio un voto de confianza y no insistió en que le pagase antes de abandonar el vehículo.

Me dirigí hacia la enorme puerta del cementerio decorada con estatuas de ángeles con cruces en sus manos. Simplemente al contemplar la entrada sentía un extraño escalofrío que no noté las noches que vine al mismo. Era como si algo me llamase desde el interior, una extraña voz que nadie más oía, un haz frío que me atraía. Todo ello lo sentía en mi imaginación, mi temor tal vez por todo lo ocurrido. Me acerqué a una oficina que estaba justo en la entrada pero por la parte de adentro, rodeada por un jardín pequeño con unos bancos metálicos. Había macetas con decoraciones raras, representando quizá el paso hacia el más allá. Me llamó la atención los enormes olmos, pinos y abetos que lo rodeaban todo y de lo que se caracterizaban todos los cementerios. Abrí la puerta de la oficina le pedí permiso para entrar a una persona enclenque y mayor que leía el periódico sentado en un viejo sofá. Al parecer aquello era una garita de control, decorada muy simplemente con un sofá y un escritorio donde había una televisión con la que probablemente pasaran las noches los vigilantes. Aquel tipo me miró muy seriamente.

—¿Es usted el vigilante? —le pregunté.

—Sí, ¿qué desea usted?

—Yo venía… —tartamudeé al decirle el motivo que me llevaba hasta allí.

—…quería preguntarle acerca de lo sucedido las pasadas noches.

—¿Es usted policía?

—No, no señor.

—¿Es entonces periodista?

—Tampoco, tan sólo era amigo del joven que encontraron muerto la otra noche y quería saber algo más del asunto.

—Una desgracia sin duda, pero me temo que no voy a poder ayudarte. Aquella noche estaba Enrique vigilando que no entrase nadie y se encontró con ese espectáculo tan horrible. A consecuencia de ello ha tenido que ser ingresado con nuevos ataques de pánico. Siento mucho lo de tu amigo, espero que la policía de con los autores de los hechos —me contestó aquél hombre dándome la dirección del hospital donde se encontraba su compañero para que él me ayudase en lo que pudiese, aunque lo daba por perdido, pues había enloquecido y apenas sabía quien era.

Le di las gracias y regresé al taxi. Le di la dirección para que me llevase allí. Ya sabía dos cosas, que el vigilante se llamaba Enrique y que me habló en plural cuando me dijo que esperaba que la poli cogiese a los autores de los hechos. Por lo visto, aquella noche había más de uno en el cementerio, pero, ¿por qué asesinar a mi amigo?, o tal vez nos quisiesen asesinar a los dos y yo tuve la suerte de escapar con vida. No me cabía duda de que uniendo cabos, la sangre no humana aparecida en las cruces o las lápidas rotas, todo fuese fruto de alguna secta satánica que se encontrase haciendo algún sacrificio que no querría que les viese nadie. Tal vez se tratase del asesinato de alguien más, por ejemplo de aquellas personas que constantemente salen en los periódicos que habían desaparecido, sobre todo niños y jovencitas, y que nosotros estuviésemos en el sitio menos indicado el día de sus sacrificios. La sociedad iba a peor y la justicia no hacía nada por remediarlo. Si fuésemos conscientes de todo lo que sucedía en las calles, jamás saldríamos de casa. Meditaba sobre las posibilidades de lo que le podría haber pasado a mi amigo cuando el taxi se detuvo, habíamos llegado al hospital. Me pidió veinte euros por todo y aunque me pareció excesivamente caro, lo pagué porque no quería meterme en más líos y discusiones. Ahora el problema era localizar la habitación del vigilante y cómo entrar en ella sin que me llamasen la atención.

CAPÍTULO 9
NOCHE EN LA NIEBLA

Aquella noche en el cementerio, la segunda vez que fuimos Álvaro y yo, cuando esperábamos un poco de luz para salir de aquella laberíntica necrópolis, porque de nuevo nos perdimos, nos quedamos sin luz en las linternas, y nos escondimos en un arbusto, un poco por miedo, un poco para protegernos del frío, distinguimos el resplandor de un candil antiguo que desprendía una débil luz anaranjada. Vimos a la figura que lo portaba pero no le distinguimos bien sus rasgos. Creímos que era el vigilante de seguridad. Llevaba varias herramientas de calar, un pico y una pala para ser más exacto. Iba vestido completamente de negro y su cabello era largo y ondulado, y se agitaba sin control con la suave brisa. En aquél momento la temperatura bajó más aún y apareció una extraña neblina a ras de suelo, lo que le daba a aquella situación un tono fantasmal. Caminaba muy decidido de hacer lo que hubiese venido a hacer, tan seguro de si mismo, sin temor, tan confiado. Se detuvo en una pequeña colina de lápidas y cruces. Allí las tumbas estaban bajo la fría tierra y solían estar decoradas con escenas muy tétricas y tristes, con estatuas llorando, con ángeles consolando a los difuntos representados en piedra, con gárgolas protectoras de saqueadores. Era un lugar donde tenía cabida cualquier forma de representación del más allá si era que existía.

Ese hombre se detuvo en aquél lugar exactamente. Colocó el candil sobre una lápida y comenzó a cavar sin cesar la tumba de al lado. Lo más extraño era que no hacía ruido, ni con el pico, ni con la pala, ni siquiera algún gesto de cansancio. Todo permanecía en silencio a pesar de aquellos golpes. Yo particularmente estaba bastante asustado y no me quería ni mover.

En apenas una hora dio con lo que buscaba. Encontró el ataúd que buscaba. Con sus propias manos lo abrió y sacó el cuerpo de una joven. Su aspecto parecía estar intacto, como si llevase poco tiempo enterrada, sin los efectos de la descomposición aunque pálida pero no rígida.

Era una chica morena aunque no pudimos verle el rostro. Aquél hombre se marchó lentamente de aquél lugar con el cuerpo de la joven entre sus brazos y se perdió entre las sombras y oscuras calles laberínticas del cementerio. Intentamos seguirle pero durante unos instantes le perdimos la pista. De repente lo encontramos a lo lejos tras nosotros, parado con la chica en sus brazos y mirándonos fríamente. Las sombras le cubrían la mitad superior del torso. Nosotros nos paralizamos. Aquella situación la había visto en algún sitio y no recordaba dónde. De repente se disiparon las sombras y contemplamos su descompuesto rostro sin ojos en sus orbitas que se iluminaron como enfurecidos por haberle visto. Era la expresión de la muerte. Sus cabellos le caían por los huesos de su cara, por el ceño fruncido, por los labios apretados a punto de gritar de furia incontrolada. Nosotros corrimos desesperadamente de allí sin explicarnos qué o a quién habíamos visto. No sabíamos por dónde ir, tan solo creímos que venía tras nosotros. Buscábamos desesperadamente el muro por donde saltamos pero encontramos otro un poco más alto. Álvaro me ayudó a saltar

y fue cuando vi a la policía esperándonos fuera. Él decidió encontrar otra forma de salir del cementerio y siguió corriendo entre la niebla cada vez más espesa esperando que aquél tipo no le encontrase. Esa fue la última vez que vi a mi amigo con vida.

Tal vez el vigilante viese lo mismo que nosotros, o tal vez él me diera alguna explicación de lo que sucedió aquella noche, por eso debía contactar con él y preguntárselo. Su habitación estaba controlada por un vigilante de seguridad. Estaba ingresado como consecuencia de la crisis de ansiedad que sufrió aquél día y era testigo de lo que sucedió en el interior del recinto de los muertos, por ello querrían controlarlo para que se recuperase cuanto antes y pudiese aclarar la situación. Yo me encontraba vestido de enfermero para llegar hasta allí. Cogí la ropa de una habitación vacía en la cual me colé. Después de recorrerme medio hospital di con su habitación pero el problema era ahora entrar sin que sospechase el vigilante ya que interrogaba incluso a las enfermeras que le llevaban la comida. Debía inventarme un motivo para acceder sin levantar sospecha. No sabía qué hacer así que pasé frente al vigilante disimuladamente para averiguarle el nombre que en una etiqueta encima del bolsillo izquierdo de la camisa, tenía colocado en su uniforme marrón. Se llamaba Arturo Corrales por lo que ya tenía una fórmula muy fácil de hacerle que se ausentara de la habitación unos instantes. Acudí a la mesa de recepción donde una enfermera atendía las llamadas. Me aparté un poco de su campo visual y desde mi móvil llamé al hospital donde me hice pasar por un familiar de ese tal Arturo. El plan había dado resultado, mientras me mantenían a la espera llamaron por megafonía al vigilante de seguridad el cual tuvo que atender la llamada, abandonando por unos instantes su puesto, momento que aproveché para entrar en la habitación sin ningún problema. Eso me daría el tiempo suficiente para hablar con el vigilante del cementerio y luego salir sin problemas del hospital.

DAVID MENDOZA

—Señor Enrique —le susurré. Aquél hombre mostraba el temor aún en su rostro. Tenía un semblante más pálido de lo normal, aunque no lo conocía antes de eso supe que su expresión no era normal desde el primer momento en que le vi. Tendría unos cincuenta años pero aparentaba casi el doble. Abrió los ojos y me miró con demasiada tristeza. Estaba un poco sedado y me supuse que no presentaría nitidez en sus palabras. Lo contemplé unos segundos en silencio y le noté temblar. Sus ojos reflejaban un vacío enorme en sí mismo, casi envueltos en sangre sus pupilas estaban demasiadas dilatadas. Su respiración era entrecortada y me impresionó los tubos que tenía enganchado en el brazo y le suministraban suero. El ambiente era relajado. No se sorprendió, tal vez porque aún llevaba la vestimenta de los enfermeros.

—Señor Enrique, ¿puede oírme bien? —continué.

—Yo te conozco, chico, te he visto antes —me susurró débilmente.

—Sí, sí, te vi en el cementerio aquella fatídica noche. Tú corrías demasiado asustado como para seguir mis indicaciones, te dije por donde podrías salir. Luego te perdí de vista, me quedé paralizado al ver aquella cosa caminar entre los panteones. Tenía la apariencia humana, incluso vestía un traje oscuro, pero no tenía rostro, ¡Dios mío! —comentó mirándome fijamente y con una voz muy débil todavía. Yo prestaba atención a sus palabras pues no me acordaba de casi nada de lo que me contaba.

—No era una criatura de Dios, eso puedes estar seguro. Era el mismísimo diablo. Sus ojos se iluminaron cuando se percató de que yo estaba allí. Después de más de veinte años de vigilante en aquél cementerio, nunca me había pasado nada como aquello, y se de lo que hablo, pero por desgracia la policía no me cree. Aquello no era normal, no era ningún fantasma, sino un demonio castigado por lo que tiene que vagar en este mundo hasta que sea perdonado, y no será la única vez que aparezca —continuó.

—La policía cree que podría ser cosa de algún tipo de secta.

—¡Tonterías! Muchos jóvenes han pisado aquél lugar con la intención esa pero ninguno ha conseguido más que una noche en los calabozos o una regañina mía. Aquella cosa parecía andar por el suelo pero flotaba, y repito, no era ningún fantasma pues ellos me conocen y ninguno salió aquella noche por temor a ese ser que era más poderoso que ningún otro —me dijo desvariando un poco.

Obviamente estaba delirando, quizás por los calmantes que tenía en el cuerpo, aunque lo que no entendía era que si alguien veía fantasmas y había convivido con ellos durante veinte años, cómo era posible que le entrase aquellos ataques de pánico. No sabía si preguntárselo.

—Un amigo perdió la vida en el cementerio, ¿sabe usted si aquella cosa le hizo daño, tanto o más que a usted, hasta llegar al punto de no sobrevivir?

—También recuerdo a otro chico, joven como tú pero muy oscuro.

—¿Qué quiere decir con lo de oscuro?

—Su alma era oscura.

—¿Su alma?

—Sí, sí, su alma. Él no temía a aquella cosa, era como si intentase comunicarse con él.

—No lo entiendo, entonces, ¿quién mató a mi amigo?

—Aquella cosa no fue, eso lo se porque no era a tu amigo a quien quería atrapar sino a mi. Tu amigo corrió en dirección contraria cuando oyó mis voces. Yo grité y grité y alguna magia extraña me paralizaba. No podía moverme, tan solo gritar.

—Pero no le mató a usted, ¿cómo consiguió escapar?

—¿Escapar? Aún no he escapado, vendrá a por mí, no quiero dormirme, vendrá a por mí… —me dijo comenzando a exaltase de nuevo. Sus temblores aumentaron, parecía como si le entrase convulsiones. No sabía que hacer para que no llamase a los demás enfermeros, así que me acerqué al suero y a los otros botes que tenía colgado encima de la cama y les abrí un poco más el goteo, pensando que así se calmaría un poco.

—Tranquilícese, aquí está a salvo.

—No deje que me duerma —me susurró agarrándome de la mano. Aquel hombre no estaba muy bien de la cabeza.

—Una pregunta más, ¿había alguien más aquella noche?

—Había una persona más que fue la que me sacó de allí. Parecía dominar a la cosa aquella que desapareció en cuanto le vio. Después recuerdo que estaba en una camilla rodeado de médicos y policías. Había muchas luces y las sirenas no dejaban de sonar. No dejes que me duerma. No dejes que me duerma. No dejes que me duerma.

No dejaba de repetir eso cuando me marché de allí. Cogí una bandeja de la mesa que había junto a la cama para que no sospechase el vigilante de seguridad que me supuse que habría regresado a su puesto. Por suerte no tuve ningún problema, pero al salir del hospital me percaté que en la puerta estaban la chica policía y el tipo del bigote. Tendría problemas si me veían allí vestido de enfermero, así que intenté despistarlos marchándome hacia la cafetería del hospital donde salí por una pequeña puerta que había en la cocina de la misma. Debía darme prisas y alejarme de allí cuanto antes.

CAPÍTULO 10
PENSAMIENTOS MOJADOS
EN ALCOHOL

Aquella situación era un poco incómoda para mí. El bar de nuestro colega donde solíamos tomar unas copas algunas noches, estaba a punto de cerrar pues era ya muy tarde, pero necesitaba despejarme y aclarar mis pensamientos después de la extraña conversación que tuve con el vigilante del cementerio al que tomé por loco al contarme aquellas historias de fantasmas. Junto a mí en la barra se sentaron dos chicas que me sonaban sus rostros de haberlas visto antes aunque no sabía bien explicarme de qué las conocía. Pidieron de beber lo mismo que yo, un anís dulce, una fuerte bebida que afectaba destruyendo las neuronas del cerebro e inflamando el hígado si se bebía en exceso. Jesús, el dueño del local, era reacio a servirnos las copas pues tenía ganas de cerrar y descansar y quería que nos fuésemos todos, aunque no nos lo decía por educación. Se lo pensó un par de veces ante las miradas coquetas de las chicas y les puso las copas de anís. Luego, mientras cada uno se bebía sus copas, fue desconectando los aparatos eléctricos salvo el botellero y el tirador de cerveza. Apagó la música y cerró una de las dos puertas por las que se accedía al bar. La otra sólo bajó la persiana metálica hasta la mitad para que no se colase nadie más.

—Es la última copa que pongo —nos dijo un poco serio, comprensible actitud en aquellas horas de la noche.

Seguramente fuese el último bar que quedase abierto en el pueblo. Se arriesgaba a que la policía local le sancionase con una multa ya que se había pasado con el horario de cierre de las cafeterías, pub y bares, regulados hasta las dos de la mañana, incluso en fines de semana ya que carecían de la insonoración adecuada para no molestar a los vecinos y de la pertinente licencia de discotecas, lo que probablemente le añadiese un par de horas más al cierre permitido. Aquél bar era una cafetería durante el día donde se podía desayunar tranquilamente, y un pub de copas a partir de media tarde donde el ambiente solía ser agradable. La planta del local era rectangular y tenía dos entradas que daban a calles distintas ya que hacía esquina. Tenía un lugar privilegiado en el pueblo, pues estaba situado en una céntrica plaza muy conocida y con una fuente histórica que el inculto alcalde destruyó casi por completa para, según él, restaurarla. El bar lo tenía dividido en dos partes, una reservaba los asientos acolchados para las reuniones de amigos y pequeñas mesas acogedoras, la otra diferenciaba un pasillo a lo largo de la barra y sus taburetes que de lado a lado, y casi en diagonal, empezaba en cada una de las puertas para hacer una media luna en su mitad. Solía tener una música actual, de todo tipo. La decoración también era buena, colores claros y luces tenues durante la noche. Tenía una máquina tragaperras colocada en un rincón junto a la barra y justo en frente había colocado una máquina para jugar a los dardos. Los servicios estaban al fondo del local, cruzando ambas partes por otro pequeño pasillo.

Aquél día estaba bebiendo más de la cuenta. De repente y entre risas, las chicas me llamaron por mi nombre. Al parecer ellas si me conocían. Yo las miré y les dije que no recordaba quienes eran. Por lo visto, después de conversar un poco, teníamos un amigo en común, mi amigo David que murió y al que fuimos a ver al cementerio en dos fatídicas ocasiones. Aquello me hizo recordar, sobre todo uno de los últimos días que salimos los cuatro son planear a dónde ir, tan sólo buscando aventuras. Decidimos pasar una noche para nosotros solos, sin chicas. Fuimos al bar de Jesús aunque estaba muy ocupado para unirse a nuestra fiesta. La noche era fría y el local estaba lleno. Gente por todas partes en el último fin de semana del año. La verdad fue que de allí no nos movimos. Nos sentíamos a gusto bebiendo. Acabamos algo más que mareados. Yo llegué a vomitar aunque no dejaron que me fuese a casa, decían que si me acostaba en mi estado pasaría una mala noche donde todo me daría vueltas por la cabeza y volvería a vomitar tal vez en mi dormitorio. Su filosofía era aguantar de pie hasta que se pasase un poco los efectos del mareo. David quería seguir bebiendo, animado por Álvaro pero Antonio permanecía un poco al margen, como si no se sintiese a gusto con nosotros. Se marginaba cada vez más y dejó de beber. Por lo visto veía mal aquél nivel de vida. Según él, tan sólo quería beber bebidas de reserva, con nombre, sin importarles el dinero, y aquél no era el caso pues para él lo que se servía allí era *"garrafón"*, bebida barata. Nosotros no le echamos cuenta ya que esas bebidas baratas como él decía eran las únicas que estaban a nuestro alcance económico por el momento. Nos dieron las tantas de la noche y Jesús quería cerrar. Fuimos los últimos en abandonar el bar entre risas y tambaleos. Después de aquello tuve una resaca terrible de la que tardé unos días en recuperarme y lo más curioso fue que se me olvidaron algunos momentos de la noche, algunas conversaciones que tuvimos parecían como si las hubiese soñado. Eso era lo común que pasaba con las borracheras incontroladas.

Después de terminar mi bebida, cuando ya se había ido todo el mundo, hasta aquellas chicas que conocían a David, me quedé dialogando un poco con Jesús que tenía muchas ganas de marcharse aunque ya a puertas cerradas se echó un cubata y me puso otra copa a mi.

—A esta invito yo, pero no te acostumbre.

—Gracias, colega.

—No bebas tanto que estás que ni te puedes levantar del asiento. Si quieres te alargo a casa ahora cuando cierre el bar.

—No te preocupes.

—Tranquilo hombre, se por lo que estás pasando, te han pasado muchas cosas en tan poco tiempo y necesitas desconectar de este mundo, gastarte tu dinero para el bien mío, y olvidar con el alcohol, que crees que se va a terminar la botella y lo bebes con tantas ansias. Pero es normal, todos hemos hecho eso en alguna ocasión —argumentó.

—La verdad es que no sabes cómo me siento. Quiero olvidar pero no dejo de recordar el pasado. También quiero recordar lo que me pasó últimamente que apenas recuerdo, tal vez por algún golpe que me diera, y eso me atormenta porque no sé si soy una mala persona o hay alguien por ahí que intenta hacerme creer eso.

—La policía es la única que te puede ayudar. Ten cuidado porque por estas calles últimamente la delincuencia ha subido, a mi me intentaron robar el coche el otro día y a Juan el de la cristalería le entraron en su casa por suerte cuando ni él ni su mujer estaban en ella, y no se llevaron mucho. Este mundo se está convirtiendo en una basura, en una bomba de relojería porque la mayoría de asesinos y atracadores provienen de la inmigración.

—No se puede generalizar eso. Aquí en este país también tenemos a unos prendas de cuidado.

—Lo se pero las estadísticas no se equivocan. Antes el problema era con los gitanos, ahora con los rumanos, moros, sudacas... una lista inacabable.

—Pero ahí no podemos hacer mucho nosotros, es un tema social y político del que no tenemos control en absoluto.

—Tú lo has dicho, es un tema social, y como la sociedad española se enfade, acabará esto como en la expulsión de los judíos por los Reyes Católicos, o peor aún, como en aquella película de Bruce Willis en la que los soldados toman las calles para controlar a todos los moros.

—Es una lástima que lleguemos a ese extremo. Acaso no podríamos vivir todos en relativa paz. Para llegar a donde estamos hoy día, hemos sufrido mucho, nos hemos levantado una y otra vez desde la miseria, hemos sobrevivido a muchas guerras, represalias y hambre, y de eso nuestros abuelos y padres entienden mucho, tanto como para ver que los que llegan con la emigración, como hicieron ellos en su día al viajar a Francia, Alemania o Sudamérica, son explotados y marginados.

—Sí, pero nuestros abuelos no se agruparon en bandas amedrentando a las poblaciones autóctonas, robando, saqueando o asesinando. No se puede comparar lo que pasó desde los años cincuenta donde nuestra libertad estaba coartada, con los tiempos modernos donde los que tienen libertad son los que coartan a los demás.

—No te entiendo.

—Lo que quiero decir es que en estos días, con el tema de los derechos humanos nos tienen coartados, me refiero a la justicia, a la ley, ya que amparándose en sentencias que crean precedentes, muchos criminales, violadores o conductores suicidas salen a la calle cumpliendo apenas unos pocos años de condena. Y después los familiares de las víctimas tienen que verles el rostro caminando y riendo por las calles. Es un problema que se está yendo de las manos y que puede desencadenar en los levantamientos callejeros que han surgido en otros países cercanos o incluso en ciudades de este mismo hace unos años.

—En fin, ante eso lo único que podemos hacer es evitar cruzarnos con un tipo de estos.

—Para ti es fácil decirlo. Yo cada noche que cierro el bar y me llevo la recaudación a casa para ingresarlo en el banco al día siguiente, debo de tener cien ojos con todo aquél que camine cerca de mí. Para ello llevo un spray de pimienta que espero no tener que usarlo nunca. El tema de tener un bar es muy delicado. Aquí entra todo tipo de personas y yo no puedo discriminarles por nada.

—Sí, pero tú tienes un derecho de admisión que se ha de cumplir.

—No es tan fácil. Imagina que yo eche a un sudaca de esos, o a un moro amparándome en el derecho de admisión. Seguro que al día siguiente cuando venga para abrir el bar me lo encuentro quemado.

—Lo sé. Es un tema muy complicado, pero lo que no se debe tener es miedo de esos tipejos, miedo de su unión, y por eso debemos hacerles frente. Es tan fácil como hacerles ver que los españolitos y españolitas nos unimos cuando tenemos un problema como el de ellos y que no nos callaremos ante su injusticia. Y si ellos vienen armados, nosotros nos armaremos también.

—Y al final los que sufriremos entre rejas seremos nosotros pues ellos están acostumbrado a vivir entre ellas. No es tan fácil.

—Está bien, ya es demasiado tarde y mañana me tengo que levantar temprano para estar aquí al pie del cañón, ¿quieres que te alargue a casa?

—No te preocupes, iré andando para despejarme un poco, gracias de todas formas.

Salí del bar de Jesús tambaleándome y pensando en la conversación que habíamos tenido. Ahora era yo quien temía andar por estas calles a estas horas sin saber a quién podría encontrarme, pero necesitaba despejarme y caminar para bajar un poco el alcohol que había ingerido.

Entré en un callejón sin salida, oscuro y con basura por los suelos además de cristales rotos. Me había perdido. Allí había un indigente envuelto en cartones para protegerse del frío de la noche. Me di media vuelta para buscar el camino a casa. Estaba notando aún más los efectos del alcohol. Casi no me podía mantener en pie y vomité entre un par de contenedores de basura. Hice un poco de ruido con las arcadas que daba y desperté al indigente que se levantó. No pude verle la cara, tan sólo la silueta. Era enorme y vestía de oscuro. Luego me percaté de que no era un indigente. El resplandor de la luna hizo que apreciase su rostro pero mi sorpresa fue mayor. No tenía cara. Era el mismo tipo del cementerio. Tenía los cabellos largos pero sin cara, tan sólo le brillaban los ojos. Vestía un traje negro y una camisa gris oscura. Era demasiado grande para ser humano. Era el diablo como decía el vigilante del cementerio. Permaneció unos instantes de pie observándome, luego levantó un brazo como para llamarme. Yo estaba paralizado entre el miedo y los efectos de la borrachera. Después comenzó a caminar hacia mí lentamente. Reaccioné y eché a correr como pude, aunque no sabía a dónde. Ese tipo no dejaba de seguirme. Tomé las calles sin saber cuáles eran y me escondí en el portal de una casa. Permanecí allí unos minutos y no lo vi más. Saqué la cabeza para asegurarme de que no andaba por allí y efectivamente, le había perdido la pista.

Mirando hacia todas partes con gran intranquilidad me marché de aquél lugar en dirección a la plaza céntrica del pueblo pues ya me iba acordando de aquellas calles. De repente dos tipos se bajaron de un coche que no me percaté de que estuviesen dentro. Un tercero permanecía en el asiento de atrás que con los cristales ahumados tan sólo puede verle su figura.

—Ese es —les dijo desde el asiento trasero del coche.

No entendía nada. Tal vez fuesen policías. Eché a correr cuando me llamaron por mi nombre. De nuevo intentaba despistar a mis perseguidores y me perdí entre las calles estrechas del pueblo. Uno de ellos me cortó el paso por delante, apareciendo desde un callejón. El otro me seguía a corta distancia. Me detuve entre ellos y les pregunté que querían. Eran como gorilas de discotecas, muy grandes y sin grado de inteligencia. No dijeron nada y se iban acercando a mí lentamente. En mi estado, aún mareado, no podía defenderme. Uno era gordo y grande, con la cabeza rasurada y vestía un traje negro. Tenía la cara como si se hubiese llevado más de una paliza, como si de un boxeador retirado se tratase. Su nariz partida le delataba. El otro era algo menos gordo pero no menos alto. Era el típico culturista que se dedicaba a guardar la entrada de las discotecas, o sea, el típico matón. Éste presentaba barba de tres días y la cabeza con el pelo cortado militarmente al uno más o menos.

—Tranquilo, no te va a doler —me dijeron.

Supe que querían hacerme daño, tal vez matarme. Quizá fuesen ellos los que mataron a mi amigo Álvaro y ahora el siguiente iba a ser yo. Intenté escapar pero me golpearon y tiraron al suelo. El de la nariz rota sacó una porra eléctrica, me miró y sonrió un poco. Luego me dejó inconsciente con ella. No sentí apenas más que un calambre. Luego desperté a la mañana siguiente en el primer callejón donde me perdí y había encontrado al demonio del cementerio. Apenas podía moverme. Permanecía tendido casi aturdido aún cuando un gato se acercó y me lamió la cara. Me incorporé como pude y comprobé que era de día pero el sol no había salido aún ni creía que pudiera hacerlo, pues aquella mañana de nuevo era un día gris, con todas las consecuencias que ello acarreaba. Me dolía la cara de los golpes que me dieron aquellos tipos, y la cabeza de la resaca que tenía. Con la escasa luz diurna pude comprobar cuál era la calle en la que me encontraba, no muy lejos de mi casa. No sabía exactamente cual era el motivo de lo de anoche pues no me dijeron nada que tuviese o no que hacer o decir. No sabía por qué habían mandado a que me pegasen si últimamente no tenía enemigos o eso creía al menos. Quizá todo tuviese que ver con lo que pasó en el cementerio por lo que debería acudir a la policía que llevaba el asunto para ponerles al día o y si fuese eso lo que no quería que hiciese esos matones. Tal vez la policía no me creyese o me tomase de nuevo por mentiroso. Estaba muy confundido. Como pude me fui a casa a descansar.

Mi sorpresa fue mayúscula cuando llegué a casa y encontré a la chica policía que seguía el caso, Laura era su nombre si no recordaba mal. No era el momento para que tuviese alguna conversación con ella pero ya me había visto y no tenía cuerpo para escapar de nuevo. Me acerqué a ella y la saludé. Ella me miró de arriba hacia abajo observando las pintas que traía. Parecía que sabía cuales serían sus palabras.

—¿Vienes de nuevo del cementerio? —me preguntó.

—¿Cómo dice?

—¿O tal vez has estado celebrando tu triunfo al escapar de nosotros por tercera vez?

—¿No entiendo lo que me dice?

—Te haces el tonto muy fácil, sabes fingir muy bien. Tus pintas son propias de alguien que anoche se lo pasó en grande, y aún hueles a bebida.

—Cierto. Anoche bebí unas copas con un amigo, y no estuve en el cementerio como usted cree sino que unos matones me apalearon hasta dejarme inconsciente, tal vez porque no les gustara mi libro —le dije entre ironía y frustración.

—No me vengas con cuentos, ¿quién iba a querer apalearle?

—¿Los mismos que mataron a mi amigo?

El silencio nos invadió unos segundos al decir aquello. Al parecer le rompía los esquemas de cualquier teoría que tuviese. Sin decir nada más, sacó una libreta del bolsillo de su ceñido pantalón vaquero y un bolígrafo y me indicó que le describiese lo que me acordaba. Obviamente no quise mencionar nada del diablo que en el callejón me aseshó, pues me tomaría por loco sin dudarlo. Dentro de lo que mi dolor de cabeza me permitía y entre los ases de pensamientos extraños que me venían a la mente, le describí a los gorilas que me asaltaron sin motivo aparente. Ella me dijo que haría algunas investigaciones, que tuviese cuidado y que me duchara que olía a borracho. Consejos que de sobra sabía que tenía que hacer, entre ellos lo fundamental era lo de la ducha, pues siempre había ido muy aseado a todos los lugares, incluso a los gimnasios.

Después de descansar un rato, mi hogar parecía una cárcel, rodeado de cuatro paredes, sin tener ganas de ir a ningún sitio, teniendo miedo a que me apaleasen de nuevo. Me había encerrado allí y no aguantaba estar sin hacer nada, todo el tiempo comiéndome el cerebro para intentar comprender qué estaba pasándome o tal vez si Antonio estaría bien o no, aunque él no se había preocupado por mi, ni siquiera me había llamado. ¿Estaría muerto también? Esperaba que no, así que cogí el teléfono y le llamé. Su móvil estaba apagado por lo que imaginé que estaría trabajando. Pensé un poco en por qué tenía tanto interés en coleccionar aquellos cuadros extraños y de repente me vino a la cabeza la imagen del cementerio, aquella en la que el tipo sin cara cogía a una joven de su tumba y se la llevaba. En aquél momento no sabía dónde había visto aquella escena pero ya recuerdo que fue en la casa de Antonio, en uno de sus cuadros, el que más me impactó y en el que medité un tiempo el día que se fue la luz en todo el pueblo. Era mucha casualidad aquella misma escena, el dibujo de un cuadro llevado a la realidad cuando por lo general era la realidad la que se llevaba a los cuadros. Debía averiguar quién era el autor y por qué Antonio lo tenía. Debía ir a su casa.

CAPÍTULO 11
EL CUADRO

Esperé a que anocheciera, me vestí de negro esta vez, y me dirigí hacia la casa de Antonio. Creí que a esas horas ya habría dejado de trabajar y estaría relajándose en su casa pero me equivoqué. Cuando llegué no había nadie. Llamé con insistencia y nadie me contestaba. Era evidente que Antonio no se encontraba en ella cosa que me preocupó, ¿y si le habría pasado algo?, ¿y si estuviera muerto? No dejaba de preguntarme cosas tan absurdas como aquellas, pues daba por manifiesto que nosotros dos estábamos en la lista negra del destino o del supuesto asesino. Saqué mi móvil y le llamé sin obtener respuesta alguna pues de nuevo aparecía el mensaje de voz que decía "*este móvil no se encuentra disponible*". Me estaba acostumbrando ya a esas palabras. No sabía qué hacer así que le esperé un rato.

Me desesperaba aquella situación esperando a mi amigo que no llegaba. Tal vez debiera marcharme y volver en otra ocasión, pero entonces mi conciencia seguiría intranquila al seguir pensando en lo mismo. Entonces decidí entrar en la casa. De todas formas era la de mi amigo, y no me diría nada si me encontraba allí, o eso esperaba yo. Me encaramé en la reja de la ventana inferior y trepé como pude y con trabajo hasta alcanzar el saliente del balcón que daba al pasillo que separaba las habitaciones en la planta de arriba. Había estado en aquella casa cientos de veces y sabía de sobra que mi amigo nunca cerraba la ventana del balcón de aquel pasillo, tan sólo para tener aireada la casa. Una vez dentro anduve con sigilo sin encender la luz. Primero comprobé que Antonio no estuviese por allí mal herido o algo peor. Entré en su habitación, la que parecía un santuario con su autorretrato en un lateral de la habitación rodeado de una especie de altar que nunca me acababa de acostumbrar. Por suerte no se encontraba en ella, tampoco en el resto de las habitaciones que comprobé, entre ellas el cuarto de baño, el sitio más elegido por los suicidas para quitarse la vida, ya sea colgándose de la ducha, ahogándose en la bañera, o llenando la misma y cortándose las venas. Sería una conducta aprendida de la falsa creencia de que en aquél lugar se mancha lo menos posible de esa forma, o de lo contrario, se limpiaría con facilidad cualquier resto de sangre en caso de que salpicasen, ya que solían tener un acabado de azulejos por todas sus cuatro paredes. En fin, ese no era el macabro caso en el que había pensado. Tampoco estaba en la cocina ni tenía encendido el gas, otro tema elegido por aquellos que deciden abandonar esta vida sin dolor aparentemente, "*la muerte dulce*" le llamaban a respirar el gas. La verdad era que uno se adormecía y no sentía nada en principio. Falsos tabúes que han llevado de culo a esta sociedad, cosa que estaba "*de moda*" por culpa de la manipulación televisiva, saliendo en los telediarios todo tipo de desgracias, o incluso en el cine, con muertes heroicas para salvar quizás del inframundo a la chica de sus sueños. Toda una gran mentira basada en la mitología griega por ejemplo, donde Heracles, ataviado con la piel del león de Nemea, con su maza y su gran arco, bajó a los infiernos por su amada, atando al perro *"cancerbero"* para poder salir del mismo después. Todo ello mostrado con gran entusiasmo por cineastas, pero llevado a la realidad por ingenuos y palurdos que creían en la vida después de la muerte. Tampoco se encontraba en el gran salón con esa decoración tan extraña, cargado de opulencia y lugar elegido por los empresarios para pegarse un tiro en la sien. Esperaba que ese no fuera el caso ya que no tenía constancia de que Antonio tuviese ningún arma. Tras aquella escueta comprobación y divagación de las ideas más recónditas de mi interior en constante intranquilidad, me dirigí al pasillo donde tenía colgado el cuadro que había venido a buscar. Para él todo aquello estaba cargado de una gran iconografía al representar aquel escenario el túnel que separaba, según él y muchos creyentes, la vida de la muerte. Todo aquello era fantasmagórico, todas las imágenes de los cuadros parecían observarme. Llegué hasta el cuadro y de nuevo sentí la extraña sensación de que me quería decir algo, de que me llamaba, al menos, me detenía para contemplar sus detalles. Aparentemente no tenía firma. Aquella pintura resaltaba en la oscuridad y era extraño. Sin duda era la misma situación que había contemplado en el cementerio la noche que murió Álvaro. Era un ser sin rostro determinado, tapado con los cabellos que le caían por la cara. La joven que en sus brazos llevaba, tampoco era reconocible su rostro. Me dijo Antonio que era de un pintor bohemio, que no hablaba apenas y que había utilizado una técnica de secado bastante rápida. No podía imaginarme quién sería. Descolgué el cuadro de la pared para ver si por detrás del lienzo había algún nombre o firma, ya que muchos pintores solían titular sus obras o firmarlas en la parte posterior de las mismas. No era el caso. Sin embargo, al cogerlo me percaté de un detalle que el marco me dejaba ver. Eran tres pequeñas marcas, diminutas a la apreciación del ojo humano, pero que yo conocía de otra ocasión. Sólo se podían observar con una lupa pero yo las conocía de sobra. Eran tres flores de lis, colocadas de la misma forma que aparecía en el centro del escudo de nuestro país. No tenía nada que ver con lo que representaba en el escudo pero si era característico de la persona que había hecho el cuadro. Tres flores de lis que lo distinguía de cualquier otro pintor, una manía extraña que se empeñaba en realizar de forma tan diminuta que a simple vista no fuese percatada, una especie de marca de valor, o de propiedad, para que se supiera de quién era esa obra en concreto. ¿Dónde la había visto antes? La respuesta era sencilla a la vez que inquietante. Era característico de las obras que mi difunto amigo David solía realizar. De nuevo todo se relacionaba, pero David nunca quería vender sus obras, tan sólo las realizaba por jobi, para él mismo, y por supuesto no creía que fuese ningún extraño pintor bohemio con pocas palabras o que Antonio le pagase por ello. Me estaba mintiendo desde un principio, pero ¿por qué? ¿Qué había de malo en encargarle una obra a David y pagársela?,¿por qué no quería que lo supiera? No lo entendía, al menos que David se lo hubiese rogado para que en el supuesto que alguien las viese, no les encargara más obras que les quitara tiempo para sus cosas. Un día en casa de David me enseñó ese detalle, me dijo que sólo él había pensado una cosa así para que en un futuro lejano, después de haberse muerto y que por casualidad encontrasen sus obras, los restauradores lo descubriesen y se "*volviesen locos*" investigando acerca del autor. Era un sueño naturalmente, porque él no era famoso ni quería comercializar sus obras, tan sólo divagaba en voz alta conmigo. Fue un detalle al que no le di importancia. Ahora todo confluye en este cuadro, relacionado con los eventos que estaban sucediendo. El suicidio de David, el asesinato de Álvaro, los sucesos del cementerio, la extraña figura que había salido del cuadro a mi entender, y la desaparición o ausencia por el momento de Antonio. No sabía si lo que me había pasado en el callejón tenía relación, pero lo cierto era que no me habían matado, tan sólo me habían dado una advertencia de algo que aún desconocía.

Entretanto, en el cuartel del pueblo, que permanecía cerrado pero con actividad en su interior, Laura, la joven policía judicial que llevaba el caso, se había quedado tarde para intentar relacionar los hechos con los sospechosos. De antemano sabía ya que el vigilante había tenido la conversación con migo acerca del cementerio, el sospechoso más fiable, aunque sin pruebas que me inculpasen definitivamente por suerte. El señor Enrique en un nuevo ataque de histeria, a causa de la falta de sueño, había descrito a Laura al demonio que él creía, encarnado en un tipo sin rostro, con melenas y vestido completamente de negro. Ella por supuesto no lo creyó pero en su interior le llamaba la curiosidad por el asunto, ¿y si se tratase de uno de esos extraños casos sin resolver donde la población de un pueblo misterioso creía ver y todos coincidían en ello? Los malos se aprovechaban del miedo de los incultos para realizar sus actos pero había cosas inexplicables como el caso del "*chupa-cabras*" o del "*hombre-lobo de Allariz en Orense*". La arraigada creencia en el más allá no era hoy día verificable aún, pero si constaba de extraños testimonios innumerables que afirmaban haber experimentado algún tipo de muerte y regresar a la vida, o incluso haber visitado el otro mundo tras una experiencia cercana a la muerte. También existían testimonios de haber experimentado situaciones previas a la muerte en otras épocas, morir después y despertar como en un sueño pero dando detalles reales de lo sucedido, de quien creía haber sido y haber muerto en otra vida, sin que por extraña que fuese la razón, tuviese constancia o contacto real con ello. Las almas tras su muerte llegaban al infierno si eran malas, al cielo si eran buenas, o al limbo o purgatorio en el resto de las circunstancias, y eso podía permitir la reencarnación u otro tipo de creencias común en todas las grandes religiones, tales como el cristianismo, judaísmo, islamismo o budismo. Era un tema muy delicado y debatido a lo largo de muchos siglos de pensamiento. En muchos aspectos confluían en el mito de la magia vudú donde no existía reencarnación como comúnmente se conocía, sino la vuelta a la vida a modo de zombi o peor aún, la encarnación de seres del inframundo a modo de diablos que solían ser, según los testimonios más o menos fiables pero no probados, seres pequeños, deformes, de al menos un metro de altura, con los ojos amarillos y la piel extremadamente blanca sin llegar apreciarse sus facciones. Se caracterizaban por beber ron y eran controlados por un círculo de sal entorno a sus apariciones invocadas por los *"bokor"* o brujos vudú. Era un tema muy delicado ya que seguía siendo una religión poco conocida. De nuevo surgía un tema como este, el del vudú, relacionado con lo sucedido, al menos en la figura que se aparecía en el cementerio, con los ojos brillantes y sin rostro. También surgía la religión de los antepasados de Álvaro, que sin duda ahora iba tomando más certeza mi teoría que le relacionaba con estos ritos, y de alguna forma se le había ido de las manos. En todo caso, yo seguía estando en el ojo del huracán.

Entre los papeles que Laura tenía en el escritorio de su despacho, mi nombre aparecía por todas las noticias. Se había documentado de los sucesos en los que estaba implicado o relacionados, como las muertes de nuestras amigas, o el asesinato de la novia de David que calló fulminada en mis brazos sin que pudiese hacer nada por ella. Mi amada también murió y sus datos aparecieron entre los documentos de Laura. El nexo común a todos ellos era yo, siempre había estado implicado de alguna u otra forma, y peor aún, ahora era sospechoso directo de la muerte de mi amigo Álvaro en el cementerio. ¿Y si yo hubiera tenido algo que ver con todo?, ¿sería yo culpable de algo al no recordar lo que sucedió? Aquella noche, por suerte para mi, Laura no sacó ninguna conclusión y se marchó. Cogió su coche y circuló por las calles vacías del pueblo en dirección a su casa. Tenía que coger un camino que le apartaba del núcleo urbanizable del mismo, pues vivía en una residencia lejana, en una especie de chalet de verano rodeado de campos de olivos. En ellos gozaba de la tranquilidad anhelada que su trabajo le robaba. Cada día se tenía que desplazar por un largo camino sin iluminación, salvo la de algunas naves industriales o criaderos de pollos que había por los alrededores. Entre el sueño y su obsesión por el caso creyó ver una figura en una curva cerca de la entrada de su urbanización. Cuando las luces del coche iluminaron su rostro se asustó y frenó. Era un tipo como el que le habían descrito, sin rostro, con los ojos amarillos y brillantes, y vestido de traje oscuro. Era de estatura grande y permanecía con sus brazos estirados y sus manos cruzadas a la altura del pubis. Permanecía quieta y el aire ondulaba sus cabellos así como su traje. Detuvo su coche unos metros más adelante y se atrevió a salir del mismo con una linterna en una mano y con su arma en la otra. Ojeó los alrededores, una gavia que delimitaba ambos márgenes de la carretera, y el paraje adyacente el cual mostraba un llano semi desierto con plantaciones de patatas y sin apenas árboles por lo que era imposible que alguien le hubiese dado tiempo de huir o esconderse por allí cerca. Después de asegurarse de que allí no había nadie, pensó que sería producto de un sueño, de la obsesión que el caso le suponía, y regresó al coche, guardando su arma y linterna y poniendo en marcha el mismo para regresar a su hogar. Aquella experiencia le había dado que pensar sobre los extraños sucesos que habían tenido lugar últimamente. Cuando se disponía a tomar la entrada a su urbanización tras aquella curva, lo vio de nuevo por el espejo retrovisor. Detuvo su coche nuevamente y siguió contemplándolo unos segundos.

Para ella eso no estaba sucediendo. Era una figura que de nuevo había aparecido de la nada, tras su comprobación del terreno, por lo que no tenía explicación. De nuevo cogió su linterna y se bajó del coche. Enfocó con la misma el lugar en el que había aparecido y no vio a nadie. No se lo explicaba. Se asustó más de lo que profesionalmente su trabajo le permitía y regresó a su coche esta vez para no detenerse hasta llegar a casa. Esa noche no pegó ojo pensando en lo sucedido. Durmió con las luces encendidas y en parte empezó a creer la versión de Enrique, el vigilante del cementerio.

Cuando me disponía a abandonar la casa de Antonio con el cuadro entre mis manos, apareció él que entraba por la puerta. Se sorprendió al verme y no tuvo palabras en un principio. Acababa de llegar de donde fuese y se encontró conmigo en su casa y con uno de sus cuadros entre mis brazos, cosa que tenía que explicarle.

—¿Qué haces aquí? —me dijo extrañado.

—Sabes que no me importa que te quedes pero avísame antes —continuó.

—No he podido localizarte, te he llamado varias veces y tenías el móvil apagado —le dije.

—Estaba en una conferencia de negocios.

—Creí que te había pasado algo, porque últimamente ya no se ni en qué día vivo.

—¿Por qué crees que me había pasado algo?

—Porque nuestros amigos han muerto en extrañas circunstancias y creía que nosotros seríamos los mismos.

—¡Tonterías! —exclamó.

—Estás obsesionado con el tema. Descansa y deja que la policía investigue.

—Por cierto, ¿que llevas ahí?

—Es otro tema del que quería hablarte.

—¿Es uno de mis cuadros?

—Es un cuadro de David, ¿por qué no me dijiste que fue David quien lo hizo?

—Eso fue una decisión que tomamos ambos y que a ti no te concierne.

—¿Me lo puedo llevar?

—¿Cómo?

—Sí, desearía tener algo de él.

—Seguro que estás pensando que tiene algo que ver con lo ocurrido.

—Tú no lo entenderías.

—Venga tío, no te encierres en tus pensamientos. Tranquilízate, deja el cuadro y tómate una copa —me dijo cogiéndome el cuadro de entre mis manos y dirigiéndose a colocarlo de nuevo en su lugar. Para cuando regresó yo ya me había marchado.

CAPÍTULO 12
LÁPIDAS DE AMOR

Después de marcharme de casa de Antonio, cogí mi coche y salí del pueblo en dirección al cementerio de la gran ciudad. Esperaba encontrar respuestas a mis dudas, sobre todo me interesaba ver si aquél tipo saldría esta noche o no.

Aparqué mi coche alejado del cementerio pues había por los alrededores una patrulla de policía local para evitar nuevos incidentes. Debía evitar toparme con ellos a toda costa pues me metería en un buen lío de nuevo. Busqué el lado más bajo del muro para poder saltarlo y lo hice. Una vez dentro todo era confuso, no recordaba en qué dirección se encontraba aquél tipo la última vez que le vi. Tal vez debiera esperar que él me encontrase a mí. En esta ocasión no llevaba linterna alguna para no llamar la atención de los policías que tanto en el interior como en el exterior hacían sus rondas sin apenas murmurar una palabra. De todas formas, aquella noche era abierta, con bastante claridad, y se respiraba un agradable frescor decorado entre los aromas de los rosales y de los altos cipreses. Palpando en los rincones más oscuros me fui abriendo paso entre los arbustos y las tumbas más antiguas que del suelo emanaban. Debían ser tumbas con más de cien años, por lo que me debía encontrar en la parte más antigua de aquella necrópolis moderna. La luna llena iluminaba las estatuas, cruces y lápidas que en aquella zona eran más tenebrosas. Había mucha humedad en el suelo, y la tierra se veía empañada por una leve cortina de niebla que me llegaba apenas hasta los tobillos. De nuevo niebla, pensé. Permanecí en un rincón oculto al ver el resplandor de unas linternas. Imaginé que sería aquél tipo pero por el contrario eran los polis que recorrían aquellas laberínticas calles. Después de esperar unos minutos sin apenas resultado, una vez que los policías se encontraban lejos de donde estaba, observé la luz de un candil antiguo. Esta vez no era una linterna, pues la luz se expandía en círculo sobre el candil y no proyectado de la forma que lo harían las linternas. Me quedé pendiente al mismo y surgió como de la nada el tipo sin rostro. Se materializó en mis narices. Portaba en su mano el candil, en la otra una pala. Parecía que se desplazaba como flotando por la superficie de la hierba mojada y cubierta de niebla. Por suerte para mí no se había percatado de mi presencia. Le seguí en silencio y contemplé que se detuvo frente a una tumba donde se levantaba una lápida rectangular con la parte superior simulando un techo a dos aguas. Encima de todo ello la coronaba una cruz. Aquél espectro se arrodilló ante ella, la miró y acarició el nombre de su inscripción. Desde mi posición no pude apreciar cuál era el nombre dueño de aquella tumba. Después de meditar unos segundos, se incorporó, cogió su pala y comenzó a cavar. Sus golpes casi ni se oían. Tras apenas diez minutos, extrajo el ataúd sin alguna dificultad aparente. Lo abrió y del mismo sacó el cuerpo que se trataba también de una joven, al parecer de largos y morenos cabellos. No parecía estar descompuesta pero sí muy pálida. La cogió entre sus brazos de la misma forma que estaba la escena representada en el cuadro de David. Parecía como si estuviese viviendo en persona el dibujo del mismo. No entendía nada pero el cuadro y el tipo del cementerio estaban obviamente relacionados. Después se perdió caminando entre los árboles al mismo tiempo que se disipó la luz del candil. Aproveché ese momento para acercarme a comprobar el nombre de la lápida. Para mi sorpresa se trataba de la novia de David. No entendía nada. El cuerpo que había visto extraer de aquel ataúd estaba intacto, y ella hacía ya unos años que había muerto. No era lógico, aunque en esta historia nada lo era, que el cuerpo no presentase síntomas de descomposición salvo su extrema palidez. A lo lejos contemplé de nuevo el candil caminar entre nuevas colinas sembradas de lápidas. Esta vez y en tan poco tiempo, el tipo sin rostro aparecía sin portar a nadie entre sus brazos. Le seguí con suma cautela y me agazapé entre los rosales para ver qué hacía esta vez. De nuevo me sorprendió el que excavase una tumba, junto a otra ya excavada con su ataúd vacío. Realizó la misma operación hasta extraer el cuerpo y portarlo entre sus brazos hasta desaparecer en la más completa oscuridad. Supuse que se tratarían de tumbas de mujeres y me quedé sin aliento cuando descubrí el nombre de aquellas dos tumbas abiertas. Se trataban de dos de nuestras amigas muertas en extrañas circunstancias. Deduje que la tumba que vimos abrir por primera vez se trataba de nuestra tercera amiga muerta por causas naturales según los médicos forenses. La casualidad era que se encontrasen enterradas en aquél cementerio en vez del cementerio de nuestro pueblo. No daba explicación al hecho, tal vez por deseo de los familiares o por pura coincidencia. De nuevo vi una luz que me iluminó esta vez. Se trataban de los policías que me dieron el alto. Pensé que me echarían la culpa de todo aquello y eché a correr sin saber a donde, con la mala suerte de tropezar con una raíz de un árbol que sobresalía del suelo. Me acorralaron y apuntaron con sus linternas. Estaba deslumbrado, nervioso, casi llorando cuando me gritaban una y otra vez para que me tumbase en el suelo boca abajo para engrilletarme y poder detenerme. Quería darles una explicación pero no me dejaban hablar. De repente, entre el deslumbramiento de sus linternas y la oscuridad del resto del cementerio, distinguí la figura sin rostro que se acercaba a nosotros, a espaldas de los policías que no se habían percatado de su presencia.

Mi cara se descompuso de terror. Al verme, los policías enmudecieron unos segundos. Creían que me estaban asustando demasiado e intentaron calmarme y explicarme que tan sólo me llevarían a comisaría para identificarme y que explicara en dependencias policiales qué hacía en este lugar y si tenía algo que ver con los sucesos acaecidos últimamente. Yo permanecí temblando. Ellos se miraron y observaron que mis ojos estaban clavados en algo tras sus espaldas. Se giraron lentamente y le vieron. Permanecía inmóvil, con las cuencas de sus ojos iluminadas en la oscuridad de la noche. Sus cabellos le caían por el rostro que no se le apreciaba. Su figura daba terror tan sólo contemplarlo. Los policías se paralizaron de temor y a uno de ellos se le cayó la linterna. Sus caras se desencajaron al no creer lo que veían. Empezaron a temblar. El tipo sin rostro se movió de forma muy veloz, tanto que no dio tiempo de reacción alguna de los policías. Les golpeó de forma extraña, al parecer tan sólo les tocó el pecho con ambas manos y se desvanecieron, se desmayaron y cayeron al suelo como si les hubiese quitado sus almas. En el tiempo que estaba entretenido con los policías, yo salí corriendo de nuevo y trepé el muro con bastante dificultad. En lo más alto del muro, antes de salir al exterior, miré atrás y le vi. Estaba contemplando cómo escalaba aquella tapia y pensé que sería la siguiente víctima. Sin embargo no lo hizo. Con la velocidad de desplazamiento que

había demostrado le habría dado tiempo de alcanzarme, y si embargo sólo contempló cómo me escapaba. Una vez fuera del cementerio eché a correr buscando el coche y no me detuve hasta llegar a mi casa.

En ella, encendí todas las luces y me encerré en mi habitación. Allí no dejé de pensar en lo sucedido. De nuevo mi paranoia crecía. Esta vez supuse que todo lo que había pasado estaba relacionado, y no sólo conmigo, sino también con nuestros amigos y amigas muertas. Debía encontrar cuál era el nexo de unión, cuál era el motivo de que esa criatura viniese a por nosotros. No daba crédito a lo sucedido, pero sea lo que fuese había tenido lugar en aquél cementerio. Y no era el único sitio donde aquella criatura había aparecido pues ya la había visto en el callejón donde amanecí tras la paliza que me dieron. ¿Por qué todo comenzó el día que mi amigo David se suicidó?, o tal vez empezaría cuando nuestras amigas comenzaron a morir. ¿Estaría relacionada la muerte de la novia de David con estos hechos?, ¿sería algún tipo de venganza por aquellos sucesos? Muchas preguntas que apenas tenían respuesta en mi interior. ¿Tendría algo que ver mi amigo Álvaro con todo esto con su extraño ritual vudú y por eso lo mataron? Sería un tema muy complicado el relacionar todos los hechos. Tal vez entre ellos surgiera algún asunto extraño por el que el precio que hubieran tenido que pagar fuese no sólo el de sus vidas, sino también el de sus almas.

Recuerdo la simpatía de todas ellas, las cuales tenían en común que en alguna u otra ocasión estuvieron saliendo con mi amigo David, hasta que éste se estableció formalmente con su amada. Aquello, en vez de tensar la situación sentimental de todos, los unió aún más. Por aquél entonces conocí a mi linda flor, mi enamorada, la niña de mis ojos, de suave semblante, de tersa piel. Nos enamoramos con una mirada, con una sonrisa, nos besamos apasionadamente cada noche que nos veíamos como si fuese la última, hasta que por desgracia llegó la última noche que nos vimos. Caí en una depresión, en una psicosis de la que necesité ayuda profesional para olvidar, al menos para recordarla menos, y salir adelante. Nuestras amigas de buenas a primeras fallecieron en apenas unos meses de diferencias, y los médicos cortaron por lo sano sin investigar las causas. Tan sólo dijeron muerte súbita. Nos afectó a todos más aún. Después de aquello asesinaron a la novia de David, que yo por desgracia encontré con un puñal clavado, envuelta en sangre y que por suerte mi amigo me creyó. La policía no encontró a nadie relacionado con el asesinato, yo era el sospechoso que más *"papeletas"* tenía para cargarme *"el muerto"* como se suele decir. En mis declaraciones señalé que había alguien vestido de negro que no pude reconocer. En las noticias dijeron que el móvil del crimen fue el simple robo y la resistencia de la víctima le provocó la ira de su asesino y su apuñalamiento. Ahí quedó el asunto que nadie había investigado hasta ahora. Al parecer yo salí adelante gracias a la ayuda de mi psiquiatra, pero David, que no aparentaba sufrir dolor, tan sólo callaba cuando alguien sacaba el tema a relucir, sufrió en silencio hasta dejar de existir. Nosotros tendríamos parte de culpa al no ver el sufrimiento de nuestro amigo. Después de aquello, de lo de David y en apenas pocos días, asesinaron a mi amigo Álvaro, cosa que supuse que seguirían investigando y de nuevo yo estaría en el ojo del huracán. Pero ahora ese ser que tal vez fuese quien mató a la novia de David, y que no reconocí en su día, fuese quien acabó con Álvaro de la misma forma que dejó inconsciente a los policías. ¿Qué sería en realidad? No creía que fuese ningún diablo, ni fantasma, o tal vez sí. Abogaba por una explicación lógica. Algún maníaco disfrazado, con efectos visuales y algo de maquillaje. Una trama bien preparada, demasiada trabajada para obtener como recompensa la muerte de varias personas. Tal vez eso fuese lo que anhelaba, algún tipo de venganza por algo sucedido en el pasado, a él o a algún ser querido. Pero entonces, ¿por qué la policía no daba con él?,¿por qué infringía tanto temor su presencia desfigurada? Quizá fuese eso lo que buscaba, el terror de nosotros ante lo desconocido, todo cuadraba, la noche, el cementerio, la niebla. Todo un perfecto escenario para cometer sus crímenes y saqueos de tumba para rodearse de una esquela de pánico entre las personas que le investigaban. Un psicópata muy listo sin duda. ¿Y qué pintaba la escena del cuadro en todo este asunto? Eran demasiados cabos sueltos que no atinaba a resolver, que no conseguía unir. Ese miedo era el que utilizaban los brujos vudú para hacer creer a la población de Haití que se comunicaba con los *"Loas"* o dioses vudú, o que conseguían dominar a los *"diablos"* mediante rituales secretos en jerga *"creol"*, la lengua oficial haitiana. En este caso el único que tendría algo que ver con el tema sería mi amigo Álvaro y sus antepasados haitianos, pero él ya estaba muerto.

Sabía que la sal en las entradas de las habitaciones evitaba que los espíritus malignos entrasen en las mismas, así que vertí un poco a lo largo de la entrada de la puerta y en la misma ventana. No creía pero por si acaso debía estar preparado.

CAPÍTULO 13
EL CHAMÁN

A la mañana siguiente, Laura, la joven policía, acompañada del tipo serio y estúpido del bigote, se presentaron en mi casa, golpeando la puerta con insistencia. Estuve casi toda la noche sin pegar un ojo, y para cuando lo iba hacer, me desvelan aquellos golpes. Cansado por comer poco en estos últimos días, me dirigí al cuarto de baño para echarme agua en la cara. Me miré al espejo y contemplé las ojeras de mi rostro que destacaban aún más con la falta de sueño, amén del tiempo que iba pasando y los años de edad en mi cuerpo que iba acumulando. Era algo que me tenía que acostumbrar sin remedio, si era posible que llegara a acostumbrarme y no muriese en el intento. Luego abrí la puerta. Esta vez no me sorprendió nada encontrarme a la policía bajo el umbral de mi casa, parecía ser una costumbre últimamente. También me gustaba despertarme, en lo poco que había dormido, y ver una cara linda como era la de la joven Laura. Pero el panorama me lo estropeó aquél tipo que la acompañaba al interrogarme de buenas a primera sin apenas darme los buenos días. Parecía un perro ladrador amarrado por una cadena y sin bozal. Apenas pude entender nada de lo que decía, y de lo poco que asimilaba, no le echaba cuenta pues aún estaba descentrado y cansado. Mi mirada estaba perdida en la figura de Laura que intervino calmando a su compañero y preguntándome ella con su dulce voz acerca de los sucesos del cementerio de la noche pasada. Para nada quería recordar aquél infierno al que no daba explicación lógica alguna, pero si callaba lo podrían tomar de forma equivocada.

—Nos han informado que dos miembros de la policía local que hacían servicio en el cementerio han aparecido inconscientes, junto a nuevos destrozos en el mismo, esta vez de peores consecuencias —me dijo Laura.

—¿Sabes algo por casualidad? —continuó preguntándome ante la mirada fija de su compañero, con el ceño fruncido pendiente de mis gestos y de cuanto hiciera.

—En absoluto. Me acabo de levantar como veis y no he podido dormir bien durante la noche —le contesté aunque no estaba seguro de que me creyesen.

—Cuando nos hemos presentado en el cementerio, aquello era dantesco. Había de nuevo sangre por muchas cruces y estatuas que por supuesto estamos analizando. Había algunas lápidas rotas, y lo peor de todo era que algunas tumbas estaban saqueadas, desenterradas, sus ataúdes fuera, abiertos y sin nadie dentro —argumentó ella.

—De los policías no se teme gravedad alguna pero aún se recuperan en el hospital y probablemente no recuerden nada, o no quieran hacerlo para conseguir la baja, aunque ese tema no me compete, ni sería justa si pensase eso —continuó cuando el tipo que le acompañaba se marchó al coche para atender una llamada por la emisora que les requerían.

—Os puedo asegurar de que no he estado más en el cementerio.

—Recuerda que aún sigues siendo sospechoso de los hechos que estamos investigando, y por tu bien esperamos que no se te ocurra hacer ningún viaje o salir del país —me dijo Laura en un tono grosero.

—Tranquila, mi intención no es esa. Además, no tengo nada que ocultar —le dije.

—Estuve hablando con Enrique y ya me dijo que le visitaste.

—Cierto, pasaba por allí y se encartó verle, el pobre estaba tan sólo sin familiares que le acompañasen —le dije con ironía.

—No lo tendré en cuenta, tampoco se lo he comentado a mi compañero, él te quiere ver entre rejas. A lo que voy, Enrique me comentó algo que era imposible, que no era natural, una especie de espectro que se le apareció en aquél lugar. ¿Sabes algo al respecto?

—Yo me ataño a la lógica, nunca a la fantasía. La parapsicología no es mi campo. Deberías llamar a uno de esos videntes que por las noches se anuncian en televisión y quizá te resuelvan el enigma —le dije intentando desviar el tema.

—Se que tu le has visto —afirmó con contundencia dejándome unos segundos sin palabras.

—Te equivocas, señorita. Si lo hubiera visto no lo diría porque, además de ser sospechoso, tendríais un motivo más que alegar en mi contra, el de la demencia.

—Espero estar en contacto contigo. No pierda el número que le di y llámame por si tienes algún problema, o por si le vuelves a ver —me dijo también con ironía, como si supiera más de la cuenta.

Quizás me hubieran seguido y yo no me había percatado de ello, pero entonces, me lo habrían echado en cara o me habrían detenido de nuevo por los sucesos de la pasada noche. El caso era que se marcharon a toda prisa en su vehículo. Debían

atender otras necesidades. Yo cerré la puerta de mi casa con el cerrojo interior que la misma tenía en la parte superior, y me senté en el sofá del salón unos instantes, pensando para variar. Seguidamente me dirigí hacia la cocina para comer algo.

Era casi de noche cuando me desperté en el sofá del salón. Me había quedado dormido después de comer. Apenas había soñado nada, o por lo menos no lo recordaba. Me hubiera gustado que todo esto que me estaba pasando fuese un sueño, pero por desgracia no lo era. Me quedé allí sentado unos minutos, recordando lo que había pasado en el cementerio, las lápidas de mis amigas abiertas y aquella figura persiguiéndome. Era una pesadilla, pero buscaba algún nexo entre ello. No sabía lo que era. Me levanté del sofá y me dirigí al mueble bar que tenía justo encima de la televisión, también en el salón. Lo abrí y saqué una botella de aguardiente junto a un vaso bajo, apropiado para el momento. Me serví un poco de aquella bebida que me caracterizaba entre mis amigos, y me volví a sentar en el sofá mientras me lo bebía intentándome relajar para pensar con nitidez. Aquello no era vida, intranquilo por todo y pendiente si yo iba a ser el próximo en caer o no. Era una psicosis que no me dejaba ni respirar. En aquél momento, la bebida me estaba sintiendo bien, recordando las veces que la había pedido en el bar de Jesús junto a mis amigos. No podía evitar derramar unas gotas de lágrimas al pensar en aquellos momentos. De repente me vino a la mente una duda, una pregunta que no dejaba de repetirme, una necesidad que tenía que comprobar. El caso era que si los sepulcros de mis amigas habían sido abiertos por aquel ser, ¿abriría la de mi amada o la de Álvaro que se encontraban enterrados en este pueblo? Debía ir a comprobarlo, y rezar por que aquella criatura no estuviese allí.

Sin cambiarme de ropa ni ducharme, pues había dormido con ella puesta, salí a toda prisa de mi casa, comprobando eso sí, si había alguien que rondase los alrededores. Nadie me seguía. De nuevo me dirigía al cementerio, esta vez el de este pueblo maldito, también de noche. Eran los únicos momentos en los que nadie me podía ver por allí y me pudiera inculpar equivocadamente. En este pueblo, aunque pequeño, el cementerio era bastante amplio, quizás más tétrico que el de la ciudad, pues había enterramientos de hacía un par de siglos al menos. Aquí no había el problema de las grandes ciudades en las que al cabo de unos años, extraían los cuerpos y los echaban en fosa común para ahorrar espacio. Aquí muchas personas mantenían sus nichos en propiedad durante muchos años, costeados por ellos mismos en vida. En aquella ciudad de los muertos, se adaptaba la modernidad de los enterramientos con mármoles de calidad, rosados o blancos con vetas anaranjadas, rodeados de flores, en contraposición de las tumbas más antiguas, apenas ya cuidadas pero de igual calidad en sus materiales.

Numerosas cruces y estatuas se erigían entre los cipreses, recreando un escenario imposible de olvidar a la luz de las estrellas. Allí habría al menos varias generaciones enterradas a lo largo de sus laberínticas calles, cosa que si era común en casi todos los cementerios que conocía. La tumba de mi amada se encontraba entre la opulencia de los ricos que fallecían, y los humildes que de nadie se despedían. Era una tumba cavada en el suelo, tapada por un mármol rectangular donde en uno de los extremos más cortos se adjuntaba una cruz hermosa que indicaba la belleza perdida de quien descansaba en ella. Por suerte para mí, cuando la encontré en la oscuridad de la noche, no había sido saqueada de ninguna forma. Tampoco la de mi amigo Álvaro que se encontraba de igual forma enterrado en el suelo varias tumbas más alejadas, pero coronado por una extraña estatuas compuesta de una especie de tronco, rodeado de enredaderas doradas y una inscripción en la parte superior que

era ilegible a mi entender, al parecer escrito en lengua *"creol"* de la cultura haitiana. Aquella noche iba a ser muy larga rondando por los alrededores. Junto a la lápida de mi amada me senté esperando mi destino. Quería esperar a aquél ser y hacerle frente para que no profanase a lo que más había querido en este mundo. Estaba dispuesto a morir si me enfrentaba a esa criatura, pero al menos nunca más estaría alejado de ella. Aquella noche y de aquella forma, me quedé dormido junto a los restos de mi amada. En sueños, o al menos creí que era así, la vi de nuevo. Se acercaba a mí que guardaba su sepulcro, y me daba calor con su luz y su sonrisa para que no temiese nada. Allí estaba de nuevo, tan linda como siempre, como la última vez que la vi, y me acariciaba el rostro con cariño. No quería despertar, sabía que era de nuevo un sueño, pero quería permanecer en él todo el tiempo posible. Sin remedio lo hice. Para entonces, ya era de día. Había amanecido, aunque aún nadie se había percatado de que yo estuviese allí. No había destrozo alguno, y menos en las tumbas que guardaba con el corazón. Tampoco había sangre derramada por las cruces o demás lápidas, lo que indicaba que aquella noche no había aparecido nadie, al menos donde yo estaba.

Más tranquilo por ello, y sin responder a mis dudas, pues intentaba buscar un nexo de unión entre mis amigas muertas y mi amada, me marché del cementerio con la sorpresa de encontrarme en las afueras del mismo, caminando por las calles y sin percatarse de mi presencia, a los tipos que me apalearon en el callejón. Aquél fue el momento que decidí en seguirles sin que me descubriesen para ver hacia dónde se dirigían y por suerte, conocer quién les había mandado.

Tras una pequeña caminata hacia el centro del pueblo, pude comprobar que llegaron y entraron en una vieja casa, o mansión del siglo pasado, en muy mal estado, apuntalada por su frontal para evitar su derrumbe. Me sorprendí ya que por aquél lugar, situado en la travesía del pueblo, había pasado cientos de veces sin percatarme de que estuviese habitada. Era un caserío decorado al estilo barroco, destacando su albañilería sobre todo en los balcones de época y en las enormes puertas de entrada coronadas por un friso decorado con motivos épicos, con algún que otro escudo de armas y varias estatuillas representando a los nobles que en su día la habitaron. Tenía entendido que aquella casa estaba considerada monumento histórico por lo que no podía ser derribado. Ahora comprendía que el motivo que no fuese derribada era que estaba habitada, y el dueño de la misma probablemente fuese el que mandó a sus matones contra mí. Debía conocerle para averiguar cuál fue el motivo de ello.

La casa hacía esquina y estaba situada junto a un bar que ya habían dejado y cerrado los dueños de los mismo al arruinarse por no entrar nadie, quizás asustados por si se pudiese derrumbar la antigua casa en cualquier momento. Lo cierto era que yo en alguna que otra ocasión había entrado en aquél bar, con David sobre todo, habiendo pasado buenos momentos en su día, entre risas y cervezas. Era un bar tipo "*tasca*" pero ambientado a los nuevos tiempos, y por supuesto, las pocas personas que en él entraban no eran los típicos viejos borrachos que con una copa de vino y un puro se pasaban las horas charlando, jugando al dominó u otras actividades tales como las de piropear a las jovencitas, sino que hubo una época en la que estaba orientado a familias con sus niños donde tomar unas tapitas y unas cervezas hasta aproximadamente las doce de la noche en la que cerraban. No fue un sitio desagradable, sino que su momento terminó, dando paso a las nuevas iniciativas de los jóvenes que se decidían por abrir alguna franquicia de una de esas grandes compañías comerciales, para asegurarse su dinero invertido. En fin, la cuestión era que conocía aquellas calles y sabía que detrás de la misma, la casa tenía un patio delimitado por una pequeña tapia fácilmente accesible. Decidí saltar por allí y averiguar quien diablos era el que dirigía el asunto, aunque me arriesgaba a no salir con vida de allí.

Me acerqué comprobando que nadie se percatara de mi presencia. Evité las ventanas que parecían compuestas de cristales opacos, al menos ahumados si que estaban, para evitar mirar al interior de la casa. Aproveché que había un coche aparcado cerca de la tapia del patio y me subí encima del mismo para evitar cualquier esfuerzo que maltratara mi delicada espalda. Asomé la cabeza y no vi a nadie. El patio estaba lleno de jaramagos y malas hierbas de considerable altura. Por suerte, nadie me vio trepar el muro y saltar en aquellas horas del día, donde la gente empezaba a deambular por las calles en infinitas direcciones y destinos, en dirección a sus trabajos o de regresos de los mismos.

Dentro ya de la casa, todo estaba derruido, mal cuidado, antiguo. La mampostería de algunas paredes se deshacía tan sólo rozándolas. Las maderas de las que estaban compuestas las puertas y ventanas, estaban podridas, aunque realizaban aún sus funciones, aunque con suma dificultad. Crucé el umbral de la puerta que daba del patio a la primitiva cocina en la que tan sólo había un hornillo para cocinar, una bombona de butano de esas de las naranjas, y pocos cubiertos y platos. Intentaba no hacer ruido mientras me desplazaba por los largos pasillos de aquella siniestra casa. No estaba muy oscuro porque entraba algo de luz solar por las ventanas de la planta superior. Era una especie de patio cerrado con un tragaluz en lo más alto, diferenciando bien las dos plantas de las que estaba compuesta la casa. Pude apreciar que ambos pasillos, el de abajo y el de arriba, daban acceso a numerosas puertas por lo que deduje la función inicial de aquella mansión, que tal vez fuese un antiguo hostal o residencia. El pasillo de la planta de arriba estaba protegido por una barandilla para evitar la caída de sus inquilinos al vacío. Todo estaba descuidado, apenas sin muebles, espejos, cuadros o sillas. Tan sólo un antiguo reloj de agujas colocado entre un par de puertas y que curiosamente estaba en hora. Una enorme escalera de peldaños moqueteados ya de un tejido muy deteriorado, daba a la parte superior, a la que me dirigía ya que escuché ruidos en la misma. Subí despacio por la sinuosa escalera, que hacía una semi-curva muy curiosa, intentando que no crujiesen los escalones que de madera podrida eran. Cuando llegué al pasillo de arriba, me asomé por la barandilla y comprobé que la altura no era corriente en una segunda planta, sino que era más alta de la cuenta. Vi al fondo del mismo una luz por la ranura de la puerta. Obviamente allí estaría al menos los matones que había seguido. De la única silla que había allí arranqué una pata, sin hacer ruido, para defenderme de aquellos tipos. Me fui acercando lentamente a la última puerta para intentar escuchar cualquier conversación mas no lo logré. Permanecí unos segundos decidiéndome entrar cuando de repente, tras de mí salieron los dos matones que creía que estaban dentro de la habitación y me golpearon hasta tirarme al suelo. Luego me cogieron por ambos brazos y semi inconsciente me arrastraron hacia el interior de la habitación que estaba espiando.

En ella me encontraba aturdido y no podía contemplar la figura que allí mismo de pie ante mí dialogaba con los tipos aquellos. Entendí que quería que nos dejasen sólo. Antes de abandonar la habitación, uno de aquellos tipos me vertió un jarrón de agua en el rostro para espabilarme. Luego me dejaron a solas con el supuesto jefe de ellos.

–¿Cómo estás? Te estaba esperando –me dijo aquella persona.

Era un tipo grande, gordo y de complexión fuerte. Creí ver en él al típico deportista de la lucha libre, descuidando su imagen con la buena vida. Era negro, aunque no muy oscuro ni tampoco muy claro. Más o menos mulato. Tenía rafta en los pelos, igual que las tenía mi amigo Álvaro. Supuse que tendría unos cincuenta años aproximadamente, ya que sus arrugas en la piel le delataban. Vestía una camisa grande y unos simples pantalones vaqueros. Tenía varios collares y anillos con al menos un par de piezas de oro. Sus ojos eran oscuros, marrones y daba miedo tan sólo mirarle. Al margen de todo aquello, parecía una persona normal.

—¿Quién eres?

—¿No me conoces?, pues yo a ti sí.

—No acostumbro a conocer a quien manda apalearme.

—Perdona, fui un poco brusco pero mi decisión fue acertada. Era la única forma que tenía de que dieses conmigo, ya que la policía te pisa los talones y no era aconsejable que nos viesen juntos —me dijo sin entender nada.

—Pues controla a tus bestias. Si querías que nos viésemos habérmelo dicho de alguna otra forma, pero no golpeándome.

—Tranquilo, yo no soy tu enemigo. Yo soy tu destino.

—¿Cómo?

—Soy, cómo decirlo sin que suene mal, soy una especie de lo que en tu religión distinguiríais como *"monje"*, un chamán tal y como me conocen en mi país.

—Pues en este país, los monjes no apalean a nadie.

—Tranquilo, te encuentras confundido pero es normal. Te aseguraré a partir de ahora que mis amigos te protegerán y no te golpearán más.

—Además, ¿de qué me conoces?

—Teníamos un amigo en común del que me habló mucho de ti. Te admiraba como persona y confiaba en ti más que en nadie. Su última voluntad fue que te protegiese y ayudase.

—¿De quién me hablas?

—¿No lo sabes aún?

–¿De Álvaro? –le dije extrañado.

–En efecto. Álvaro significaba mucho para mi, ahora por desgracia no está entre nosotros, al menos su cuerpo, y por eso te necesito.

–No lo entiendo.

–Lo sé. Álvaro confiaba tan sólo en ti, y sabía que su destino iba a ser ese. De la misma forma yo conozco ya mi destino. Nosotros los chamanes, los magos haitianos, sabemos sin certeza pero de alguna forma acertadamente, qué nos deparará el futuro. Tan sólo debemos interpretar las imágenes que en nuestros sueños aparecen, las representaciones que nos vienen a la mente o los extraños sucesos de los que somos testigos. Interpretamos el destino de muchas personas, sobre todo el de los allegados, para intentar que tras lo inevitable, sus almas descansen en paz.

–¿Te refieres a algún tipo de ritual vudú?

–Nosotros somos el vudú mismo, nuestros antepasados nos lo legaron de padres a hijos entre las matanzas inocentes y la sangre que corrió por donde se prohibió, por donde no pudimos escapar, por nuestra África natal y llevados hasta América por los portugueses y por vosotros, los españoles de la conquista americana, una empresa muy costosa en vidas humanas, de uno u otro bando. Pero la cuestión no es esa, sino la de tu iglesia que nos vio como malignos, montando toda una leyenda negra en torno a nosotros.

–Y todo ello alimentado por las películas de hoy día en la que el desconocimiento de nuestra cultura se palpa en cada fotograma. Nosotros tan sólo tenemos una religión muy ligada a la vuestra, con seres benignos y seres malignos que una vez despertados son muy difíciles de controlarlos hasta volver a encerrarlos. Estamos ante un caso similar. Nuestras culturas son similares, buscamos el equilibrio entre el bien y el mal, con un mismo dios en común pero con distinto nombre. La diferencia es que nuestro dios tiene súbditos también dioses, representados en la naturaleza, como lo pueden ser la serpiente, el sol o los ríos —argumentó con un tenebroso tono de voz.

—Y en esta historia, ¿cuál es mi función?, ¿dónde encajo yo?, no entiendo nada —le dije incrédulamente.

—Amigo mío —me dijo.

—En esta historia tan sólo somos cartas boca abajo que debemos descubrir para saber cuando tengamos que echarlas.

—Te alimento en conocimientos para que estés alerta, para que cuides tu vida, porque sin ella todos estaremos condenados —continuó.

—Sigo sin entenderlo.

—Ahora debes irte y ten en cuenta que las fuerzas del mal te persiguen, las que tienes que dominar y mandar a donde les corresponden. Una empresa más peligrosa aún que la de la propia supervivencia de nuestras comunidades vudú en las tierras haitianas. De ti depende mi destino. Interpreta tus sueños que te dirán más que yo, en ellos podrás encontrar alguna respuesta más de la que yo te he podido facilitar en esta acabada conversación —me dijo abandonando la habitación, entrando a su vez los matones que esperaban fuera y cogiéndome de los brazos para echarme de la casa. Me llevaron al patio y me empujaron contra las malas hierbas que caí en ellas. Me dijeron que me fuese por donde había venido. Así lo hice intentando asimilar la experiencia que había vivido.

CAPÍTULO 14
EL SEPULCRO EN EL SILENCIO

Después de salir de la casa del supuesto chamán enigmático, obligado por aquellos matones para que no insistiese con mi retórica cargada de dudas, me marché con la intención de hablar con la policía. Me dirigí al cuartel de mi pueblo para localizar a Laura, que más o menos podría entenderme. La verdad era que no sabía qué hacer, si contar algo de lo que me había pasado, si declarar que sobre el chamán, cosa que podría exculparme de cualquier intriga policial, o de lo contrario dejar que corriese el tiempo e intentar seguir vivo como me había sugerido aquél siniestro tipo.

Me encontraba frente al cuartel cuando sentía cada vez más que no debía entrar, que debía esperar. De nuevo me invadía la duda y no sabía qué hacer. Permanecí en una esquina apoyado pensando sobre las palabras que momentos antes me había dicho el chamán, intentando darle sentido a las mismas junto a mis pensamientos. Todo estaba relacionado de alguna forma, y buscaba algún tipo de nexo que lo uniera. De alguna forma, mi psicosis había aumentado. Quizás el nexo estuviese en el cuadro de la casa de Antonio, el que tanta polémica había creado entre nosotros. No sabía si debía contárselo para ver si así me lo pudiese prestar un tiempo, o incluso llegar a vendérmelo, aunque tal y como era él que cuando se empeñaba en algo o le daba por algo era imposible hacerle creer en otro objetivo, a no ser que él mismo se empeñase en hacerlo. La verdad era que mis meditaciones me estaban volviendo más loco de lo que ya estaba llegando a estar. Sin dudar esta vez, me dirigí al bar de Jesús que tal vez él me pudiera aconsejar de alguna forma ya que estaría acostumbrado a escuchar a gente como yo que les cuenta las penas tras la barra. De alguna forma, los camareros de los bares hacían de psicólogos particulares, cosa que venía añadido al trabajo elegido.

Me presenté allí y entré ante mi sorpresa pues no estaba Jesús, sería su día de descanso. Había un joven encargado del asunto y otro al parecer nuevo también. Me apoyé en la barra como solía hacer y pedí una copita de aguardiente para despejarme. No se me apetecía ningún refresco y menos aún algún café. El cuerpo me pedía algo de alcohol para relajarme y tal vez asimilar lo que me estaba sucediendo. El encargado en aquél momento, me lo sirvió sin problemas. A pequeños sorbos lo iba terminando con la intención de pedir otro cuando de repente entró la joven Laura. Era una casualidad encontrarme allí con ella. Sin más se dirigió hacia mí y me saludó. Noté en su presencia el espíritu de su trabajo. Había sido una casualidad encontrarme allí pero tras eso, no tenía por qué haberse acercado y sentarse junto a mi. Tal vez me estuviese siguiendo de alguna forma y se atrevió a dar la cara para amedrentarme quizá en lo que ella quería escuchar, en la investigación de la que estaba siendo fruto. Después de saludarme pidió lo mismo que yo, cosa que me sorprendió pues si estaba trabajando no podía beber alcohol. El camarero la sirvió casi de inmediato.

—Tranquilo, es mi día libre —me dijo mirándome fijamente.

—Estoy tranquilo, ahora más que usted está aquí.

—Por favor, tutéame.

—Está bien.

—¿Qué quieres decir con que estás más tranquilo con mi presencia? ¿ha sucedido algo que deba saber?

—No, tan sólo me gusta cómo la policía se preocupa de la salud de los ciudadanos.

—No me vengas con esas.

—Tranquila, no hay nada que no pueda solucionar yo mismo.

—¿Ya te has hecho amigo de tu fantasma?

—¿Cómo dices?

—Sí, el tipo de oscuro que se le aparece a la gente en el cementerio.

—No se de qué me hablas.

—Un fantasma que hace daño a la gente, y va por ahí saqueando tumbas.

—No te entiendo.

—Sí, sabes muy bien de lo que hablo. Un ser de oscura apariencia que cava tumbas por la noche y las mancha de sangre.

—¿No creerás en eso? —le dije acabándome la copa.

—Quizás.

—Los fantasmas no existen.

—No estoy tan segura. La otra noche le vi —me dijo al parecer sincerándose conmigo aunque no sabía si era alguna artimaña suya para su investigación.

—¿Cómo dices?

—Me dirigía de regreso a casa en mi coche cuando en dos ocasiones le vi. Su aspecto era el de un hombre de gran tamaño, vestido de negro aunque no pude distinguirle el rostro. Lo extraño fue que se disipó como la niebla y me asusté. Allí era imposible que nadie se escondiese tan rápido, aunque cabe la posibilidad de que me haya afectado los testimonios de los afectados.

—¿Por qué me cuentas esto?

—Espero que tú me expliques algo más todo este asunto.

—No espero afirmar nada del asunto para que me acuses de loco o algo peor, y poder tener un motivo para culparme de todo este asunto.

—Me estoy sincerando contigo, te estoy contando lo que vi la otra noche y no quiero que pienses que te voy a tomar por loco.

—La única forma de probar mi inocencia es que me acompañes esta noche al cementerio.

—¿A dónde?

—Me gustaría que vinieses esta noche al cementerio de aquí, de este pueblo, pero sin formalidades, quiero que vengas tú como persona no como policía.

—No me parece una buena idea.

—Tal vez obtengas las respuestas que quieras y me dejes tranquilo de una vez por todas.

—Si ese es el caso entonces iré como persona.

—Estás dudando, ¿no te dará miedo venir conmigo?

—En absoluto.

—Pues entonces te espero a media noche en la puerta del mismo —le dije antes de salir del bar.

—Por cierto, esta ronda de copas invitas tú —concluí marchándome definitivamente.

No sabía si sería una decisión acertada el hecho de que me acompañase al cementerio, podría resultar herida y culparme a mí de ello. Sería una soga que me estaba echando al cuello yo mismo, aunque si tuviese la suerte de ver lo que quería ver, quizás me dejara tranquilo y me creyese, o de lo contrario caería más en la maraña que se estaba organizando.

Eran las doce y me encontraba apoyado en un árbol frente al cementerio y aún no había llegado ella. La oscuridad me tapaba de que me viera y sin embargo podía contemplar si ella venía sola o de lo contrario acompañada del tipo del bigote o de algún otro compañero. Siempre me gustaba llegar con bastante tiempo a los sitios en los que había quedado, y aquél no era un caso aislado. De esa forma podía decidir si quedarme o marcharme. Durante mi divagación mental comprobé que un coche se acercaba. No era un coche oficial. Se detuvo casi en la misma puerta del cementerio y se bajó Laura que echó un vistazo por los alrededores al parecer buscándome. Antes de acercarme comprobé que no venía con nadie más. Luego, salí de las sombras en las que me hallaba oculto y me dirigí hacia ella que se había sentado en el capó del coche esperándome. Aún no se había percatado de mi presencia cuando la sorprendí por la espalda. Ella de un salto se tiró al suelo sacando a su vez la pistola de su pantalón y apuntándome con ella.

—Soy yo —le dije.

—No vuelvas hacerlo —contestó guardándose el arma en la espalda, al parecer en una funda atada a la correa del pantalón disimulándola y tapándola con una camisa holgada.

—Tranquila, no era mi intención asustarte, pero si tienes miedo quizás sería mejor que te marcharas.

—No tengo miedo, lo único es que podría haberte metido un tiro entre ceja y ceja y lo malo era que luego tendría que explicar por qué lo había hecho a través de mucho papeleo, aunque no creas que me iba a resultar muy difícil.

—Vaya, eso si que es vivir por el trabajo.

—Entremos.

—No tan rápida. No podemos entrar por la puerta, debemos saltar la tapia.

—¿Por qué? ¿es algún tipo de ritual?

–No me vengas con esas. Nunca he hecho ritual alguno y no lo haré, tan sólo que si tiene que pasar algo nadie debe saber que estamos dentro, y cuando digo nadie no me refiero sólo al vigilante del cementerio.

–Entiendo.

–Acompáñame, más atrás hay una vaya que delimita un campo vecino y podemos saltar fácilmente por ahí.

–Ya lo tienes estudiado y deduzco que no es la primera vez que lo haces.

–Estoy empezando a pensar que no ha sido una buena idea hacerte venir al cementerio. Si crees que soy culpable, ¿sería lógico quedar con una policía para hacer algo, sabiendo que de esa forma me condenaría para siempre?

–Perdona, es que estoy metida en el caso y apenas como, duermo y me lo tomo todo muy a pecho.

–No te preocupes, en parte lo entiendo, yo estoy igual sabiendo que soy el único sospechoso y que me vigilan medio cuerpo de policías y guardia civil.

–No tantos, tan sólo controlamos que no te escapes y capturar al culpable de todo esto, al menos de darle una explicación al asunto, aunque espero que el que mató a tu amigo Álvaro acabe entre rejas.

–Yo también deseo eso.

–No nos demoremos más, entremos.

Recorrimos medio cementerio por los exteriores y a oscura buscando la vaya para saltar la tapia. Cuando la encontramos, yo trepé primero y me apoyé en lo alto de la tapia para ayudar a Laura a saltar. La cogí del brazo y le facilité que trepara aunque estaba muy preparada para ello y casi no necesitó mi ayuda. Una vez dentro le dije que no encendiera luz alguna y que me acompañase. Busqué de nuevo la tumba de mi amada y un sitio para escondernos sin que nadie supiese que estuviésemos allí.

—Aquí es —le dije ocultándome tras un rosal y haciéndole gestos para que se agachara también.

—¿De quién es esa tumba? —me preguntó. Durante unos segundos dudé en contestar pero lo hice.

—Es de la flor más bella que nunca he conocido. Es el sepulcro de mi amada, de la niña de mis ojos, de quien en su día fue mi prometida y el destino cruelmente me la quitó.

—Lo siento —me dijo mirándome a los ojos.

—¿Crees que alguien vendrá aquí, a su tumba a profanarla?

—No lo sé. Ya he venido en otra ocasión a vigilar que nadie la profanase, y durante un tiempo no había un día que no viniese a traerle flores, hasta el punto de obsesionarme tanto que tuve que necesitar la ayuda de un profesional, un psicoterapeuta que me alivió de mi calvario.

—La debías querer mucho.

—Más aún. Era la razón por la que respiraba cada día, y ahora es la razón por la que quiero morir cada noche para estar junto a ella —contesté derramando unas lágrimas que me apresuré en ocultar para que ella no me la viese.

—Yo también perdí a un ser querido.

—¿De quién se trataba?

—De mi padre. Sé que no es el mismo caso, pero estaba muy ligada a él, era hija única y me dieron todos los caprichos que quería. Un día, un accidente de tráfico le segó la vida y parte de la mía.

—Vaya, ambos tenemos algo en común. Lo siento mucho. La pérdida de alguien siempre es una pena pero me queda la esperanza de que exista alguna vida, por muy remota que sea la probabilidad, tras la muerte. No creo mucho en el asunto pero últimamente desearía tener más fe.

—Quizás haya algo, no quiero decir que exista otra vida, pero al menos una dimensión en la que vayamos a parar tras fenecer.

—He estudiado mucho el tema en mi carrera y ojalá pudiera creer en ello. Desde la antigüedad ha sido un tema a debatir. Los griegos y los romanos le dieron un significado a la vida tras la muerte, de ahí la existencia de panteones, de auténticas ciudades de los muertos donde la gente, incluso en nuestros días en algunas sociedades, hacen la vida como si aún conviviesen con los difuntos. Les barren la entrada, les llevan comida, los romanos los consagraban a los dioses manes para que le protegiesen en el más allá, los egipcios tenían una connotación muy particular acerca de ello, del alma del fallecido que tomaba forma de pájaro que viajaba de un mundo a otro, tras su juicio frente a sus dioses donde le pesaban el corazón en una balanza y delimitaba si había sido bueno o malo en esta vida. Después, otras culturas debatieron la existencia de la transmigración de las almas, de la reencarnación en otras personas u objetos, aunque soy muy escéptico sobre el tema. Por eso te digo que me gustaría creer, tener más fe, y tal vez así comprenda lo que está sucediendo, tal vez así tenga la esperanza de reunirme con mi amada de la misma forma que tu podría esperar reunirte con tu padre. El caso es que esta vida es muy dura, que el ser humano necesita creer en algo para no sentirse sólo, pero lo cierto, por muy crudo que pueda parecer, es que somos animales con la capacidad de pensar y con todo lo que ello conlleva, con mostrar sentimientos, amor, odio, etcétera, y tras nacer, crecer, reproducirnos, debemos morir inevitablemente, para convertirnos en polvo y dejar de sentir lo que sentíamos, dejar de pensar. La ciencia nos ha enseñado que la evolución por desgracia, no tiene ninguna relación con la existencia de otra vida. Por ello creo que al morir, tan sólo lo hacemos, dejando atrás la pena de los seres queridos, con la esperanza de llegar a otra parte, con la negación de lo inexplicable. Es un tema muy complejo en el que la mayoría de la

gente no estará de acuerdo conmigo, sobre todo los creyentes de cualquier religión que fuese, pero lo cierto es esto que te estoy contando.

—Es tu punto de vista. No todos pensamos igual, aunque visto desde el punto de vista histórico no te equivocas demasiado.

—Corremos el peligro de encontrar la verdad que buscamos sobre el tema, y nos dolerá saberla.

Argumenté mis pensamientos en la oscuridad de la noche mientras permanecíamos escondidos tras el rosal. Laura me escuchaba con atención y tal vez pensase en ello, o tal vez me tomase aún más por un loco sin remedio. La verdad era que le daba la impresión de ser alguien entendido en la materia, alguien con carrera que lo lógico sería no desperdiciarla metiéndome en líos como estos. Quizás empezase a creer en mi inocencia, en el motivo por el que estábamos allí. De repente bajó la temperatura y surgió una repentina niebla. Nos mantuvimos alerta y ella cogió su arma. Le persuadí de que no era necesario pero no me hizo caso y no la guardó. La situación era similar a la que había vivido en el cementerio de la gran ciudad. Todo se había vuelto más tétrico, aunque parecía que la noche se había clareado un poco pues la niebla reflejaba de alguna forma la luz de las estrellas y le daba un aspecto blanquecino. Las lápidas se iluminaron de una forma extraña, tal vez reflejando el fósforo de los cuerpos al consumirse en las entrañas de la tierra. Era un curioso espectáculo, siniestro eso sí, pero curioso. Las cruces parecían moverse, o al menos nos daba sensación de ello. Laura se asustó un poco, me miró con espasmo y tal vez comprendiera lo que días antes había pasado en el otro cementerio. De alguna forma esperaba ver al ser oscuro, que de alguna u otra forma apareciese con su candil y su pala para cavar alguna tumba y de esa forma, al tiempo que me exculpara de los sucesos, descubriese algún nexo de unión en todo lo que estaba sucediendo.

CAPÍTULO 15
EL LIBRO

Pasaron ya dos días de aquello cuando llamaron a mi puerta demasiado temprano. Me vestí de prisas y acudí a abrir la puerta. Era Antonio asustado por algo que le había sucedido. Le hice pasar para tranquilizarle un poco, pero se negó alegando que debía abrir su negocio. Me contó por encima algo sobre una llamada telefónica. Por lo visto había tenido una llamada donde una voz extraña le decía que el próximo iba a ser él. Eso me recordó a lo que me sucedió en el tren el día de la presentación de mi libro en la Universidad cuando recibí una llamada previniéndome de algo que no le di demasiada importancia ya que creía que se trataba de una equivocación. Aquél día se suicidó nuestro amigo David. Ahora la situación era similar, aunque el día no parecía que se fuese teñir de gris. Alguien sabía nuestros números de teléfonos y a través de ellos era ya la segunda ocasión que se comunicaba con nosotros. Un mal augurio era seguro, y tal vez no tuviese que acudir a su trabajo, aunque fuese el jefe del mismo, y tendría que quedarse en casa o averiguar quién le había amenaza-

DAVID MENDOZA

do. Le indiqué que tal vez la policía le pudiera ayudar, y que por supuesto cursase una denuncia que tras unos instantes de duda se negó hacerlo alegando que no quería nada con la policía que últimamente había frecuentado su negocio haciéndole preguntas extrañas. Le persuadí para que no trabajase aquél día, incluso le dije que le acompañaría si era necesario, pero se negó rotundamente de nuevo. Después de retomar algo el aliento, se marchó. Lo vi ya más calmado pero me preocupaba lo que le había sucedido. Había sido amenazado por alguien que era obvio que ya había cometido algún asesinato. Pensé en el tipo oscuro, pero no había oído su voz aún con nitidez, tan sólo algún que otro alarido de desgraciada soledad.

Después de que se fuera Antonio, me senté en el sofá del salón pensando en el asunto. No sabía si debía llamar a Laura para contárselo aunque mi credibilidad cayó por los suelos el otro día en el cementerio cuando después de esperar toda la noche ante la fría niebla, no apareció nadie y nos fuimos con las manos vacías. Estaba claro de que en el cementerio del pueblo no aparecería ese ser. Quería convencer a Laura de que me acompañase al de la ciudad pero, ¿y si ese ser ya se había llevado lo que buscaba?, es decir, los cuerpos de aquellas chicas. No dejaba de dudar y mi agonía crecía. Ahora estaba preocupado por lo que le pudiera suceder a mi amigo Antonio. Tampoco acababa de encontrar ningún nexo de unión entre todos los sucesos. De repente vi caminar por el pasillo de mi casa una figura. Fue como un flash. No supe qué hacer. No le vi rostro alguno, tan sólo sus ropas, algo rasgadas y con tonos marrones y negras. Me levanté del sofá y cogí lo primero que encontré para defenderme, una botella de aguardiente. La sujeté por el lado estrecho, boca abajo, y me dirigí en la misma dirección que aquella figura que se dirigía al dormitorio. Pensé que podría ser algún ladrón o peor aún, algún policía que se haya colado en mi casa con la intención de poner micrófonos o cámaras ocultas. Inmediatamente después llegué a la conclusión de que podría ser el hombre del cementerio, el tipo oscuro que vino a por los cuerpos de mis amigas. Entre tanta tensión me temí lo peor, que quizá hubiera venido a por mi, entonces, sería aconsejable hacerle frente. Me asomé lentamente al pasillo y no le vi. Supuse que había entrado en el dormitorio mío porque el cuarto de baño tenía la puerta abierta y no se veía. Durante unos instantes pensé en no entrar en el cuarto, pero le eché valor al asunto y anduve hasta la puerta. Aún con la botella en la mano, alargué mi otra mano libre y cogí con sumo cuidado el pomo de la puerta. Luego la abrí bruscamente y encendí la luz, dando un grito a su vez para sorprender a quien fuese. Mi sorpresa fue mayúscula al no ver a nadie en la habitación. Me incliné para comprobar los bajos de la cama y tampoco localicé a nadie. Pensé que se habría escondido en el armario ya que mi ventana tenía rejas y era materialmente imposible que hubiera escapado por ahí. Me acerqué cuidadosamente al mismo y lo abrí con energía. Tan sólo encontré mi ropa. Un escalofrío me invadió el cuerpo al no ver a nadie, tal vez mi locura estuviese creciendo. Todo me estaba afectando, los sucesos del cementerio, las muertes de mis amigos y la llamada amenazadora que le hicieron a Antonio. Tal vez me haya obsesionado con todo hasta el punto de ver cosas que nadie veía. En el momento que me encontraba en mi dormitorio pensando acerca del tema, vi de nuevo a la figura pasar de nuevo por el pasillo esta vez en dirección contraria. Le seguí rápidamente pero no le encontré. Ya no sabía ni lo que estaba haciendo. Me encontraba como un poseso registrando mi propia casa en busca de alguien que no existía. Esta vez, de reojo pude verle un poco el rostro pero no daba crédito de ello. Tenía la apariencia de Álvaro, pero era imposible pues ya había muerto y aquello no era ningún sueño. Veía fantasmas. Mi locura estaba creciendo, no cabía duda alguna.

Para despejarme, salí de mi casa en dirección al trabajo de Antonio. Me había quedado intranquilo con lo que me había dicho y no pude evitar dejar correr el tiempo, detalle que él no haría por mi, de hecho no lo hizo el día que desapareció Álvaro. Pero mi condición era distinta, pues yo provenía de una familia humilde y me había criado de la misma forma que ellos. Él sin embargo era el niño rico de una familia que hasta su muerte fue impertinente. Tal vez lo llevase en los genes y contra eso no se podía luchar, tan sólo entender su personalidad. A esas horas ya debía estar abierto su negocio y efectivamente lo estaba. Allí encontré su coche aparcado en la puerta. Entré y saludé a la cajera que la conocía, una chica amable y simpática con todo el mundo. Pregunté por Antonio y me envió a su oficina. Llamé a la puerta antes de entrar e inmediatamente la abrí. Allí estaba Antonio hablando por el teléfono, sentado en su despacho frente al ordenador, realizando sus negocios por Internet. Me indicó que me sentase que me atendería en cuanto pudiese. Cogí uno de sus folletos de publicidad para leerlo mientras él hablaba y me senté en una silla junto a la suya. Tardó unos minutos pero al fin colgó el teléfono.

—¿Qué te trae por aquí?

—Tan sólo preguntar cómo estabas.

—Bien, gracias.

—¿Has vuelto a recibir más llamadas?

—¿Cómo dices?

—La llamada que me contaste esta mañana, la de la amenaza.

—¿De qué hablas?

—Esta mañana estuviste en mi casa bastante nervioso y me comentaste que te habían amenazado por el móvil. Yo te recomendé que lo denunciaras a la policía, pero tu decidiste venir a trabajar.

—Yo no he estado en tu casa esta mañana, te debes haber confundido o lo has podido soñar.

—Estoy seguro que lo que ha pasado esta mañana no era ningún sueño.

—Te lo aseguro, yo no he estado en tu casa hoy, y tampoco me han amenazado.

—Pues entonces, ¿quién era el tipo que ha venido a mi casa esta mañana?

—Te veo muy preocupado, cansado, estresado. Vete a tu casa y descansa que te hace falta. Siento no poder ayudarte, ahora si me perdonas, estoy muy ocupado con una transacción económica. Llámame un día de estos para ir a dar una vuelta cuando esté menos atareado —me dijo prácticamente echándome de su oficina.

Nunca me había tratado así, de una forma tan impertinente. Lo que me dijo me extrañó aún más pues estaba seguro de que era él quien llegó a mi casa esta mañana contándome su problema. No era un sueño. Algo me estaba pasando, tal vez mi psicosis esté creando toda esta historia e incluso me hagan ver cosas que no existían y personas que no eran.

Allí no pintaba nada y me fui. No sabía a dónde ir. Lo más inteligente quizá fuese que acudiese de nuevo a mi psicoterapeuta a contarle todo lo que me estaba sucediendo. Mientras pensaba qué hacer con mi vida, me abordaron por la calle y a plena luz del día, ante la pasividad de los transeúntes, los dos matones del chamán de la mansión antigua. Me agarraron de ambos brazos y caminaron pegados a mí. Me condujeron al primer callejón que encontraron a su paso y me empujaron contra la pared. Luego uno de ellos se echó su mano a la espalda, levantándose la chaqueta y me pensé lo peor. Tal vez sacara un cuchillo o una pistola y fuese el final de mi vida, pero entonces qué sentido había tenido la conversación que tuve con el chamán. Ante mi sorpresa, sacó un libro y me lo dio bruscamente.

—Nuestro jefe quiere que te demos esto. Presta detalle a lo subrayado— me dijo al tiempo que se marchaban de allí dejándome tranquilo.

Todo se enredaba aún más. No sabía a qué venía aquello, tanto misterio para entregarme un libro en medio de la calle. Pensé que no querían que nadie les observara entregándome el libro. Tal vez supiesen que la policía me tenía controlado, o quizá aquellas personas fuesen alucinaciones mías. Todo estaba de nuevo confuso pero lo cierto era que en mis manos tenía un libro antiguo, a simple vista parecía una especie de códice antiguo, de los que me gustaba estudiar y de lo que mencionaba en mi libro de las bibliotecas. De ser original sería un ejemplar muy valioso, no sólo económicamente sino a nivel cultural. El título estaba grabado en letras negras sobre un fondo marrón. Estaba en latín, y venía a decir traducido algo así:

"La semilla de los caracoles".

Un título muy extraño para un códice de al menos cuatrocientos años. Sus hojas estaban muy deterioradas, amarillentas por los efectos de los ácidos de su composición originaria. Estaba impreso por lo que me indicaba dos opciones, que era un libro de época del Renacimiento, de los primeros que se imprimieron, y que por lo tanto trataría un tema original, fuese el que fuese. La otra opción era que fuese una copia impresa de algún tratado manuscrito más antiguo. La verdad era que en toda mi carrera jamás había leído un título similar por lo que pensé que se trataría de algún breviario, con el ingrediente fundamental de los caracoles, invertebrados que en la antigüedad no se comían, sino se exterminaban por devorar las cosechas de los pobres campesinos. También el caracol estaba relacionado con las brujas y su aquelarre, por lo que deduje que no se trataba de un libro católico ya que muchos documentos de la época fueron destruidos por la iglesia o partidarios de ellos al contener componentes paganos o demónicos. Y viniendo de quien lo hacía probablemente se tratara de algún libro de los colonizadores españoles de Sudamérica, sobre todo de Haití, por lo que trataría de la religión vudú. En efecto, no me equivocaba. En la primera página aparecía algo así traducido como "*Tratado Vudú*". El autor tampoco lo conocía, ni tampoco había oído hablar de él, un tal "*Samed Bokor*".

CAPÍTULO 16
LA SEMILLA DE LOS CARACOLES

Esperé a llegar a casa para examinar detenidamente el libro, prestando atención a lo que aquellos matones me habían dicho sobre lo subrayado. Era una pena que aquél tesoro, a mi entender, estuviese echado a perder por un subrayado. La curiosidad me invadía y comencé a leer con leve dificultad el latín. Eché una primera ojeada para ver cuál era su composición. Estaba dividido en capítulos, hasta ahí todo era normal. Tenía escasos grabados, pero de muy exquisita calidad. Representaban a personajes de la época participando en alguna fiesta, con hogueras por la que caminaban por sus brazas. Probablemente fuese algún rito vudú. En otros dibujos se representaba una masacre de soldados colonizadores a manos de los negros prisioneros. Al fondo en la imagen un navío de velas ardía a punto de hundirse. No se le apreciaba la bandera pero a mi entender, podría ser tan sólo portugués o español que fueron los primeros en llevar esclavos al caribe. Aquella imagen representaba probablemente algún episodio en el que los prisioneros se escaparon de sus captores. Se podía decir que aquellos negros tuvieron la suerte de huir antes de que fuesen maltratados en las Américas aunque para ello debía leer más el contenido de ese capítulo. En otros grabados aparecía lo que a mi entender era un mago de la época, un chamán con toda su ornamenta característica. Aparecía en una posición sedente en la que hacía como el que interpretaba unos huesos echados en un recipiente cerámico junto a una vela. Seguí ojeando el libro y descubrí una imagen que había visto en otro lugar. Era muy parecida al cuadro que hizo David y que tenía Antonio en su poder, colgado en el pasillo de su casa. Era extraño lo mucho que se le parecía. De la misma forma que el cuadro, pero con indumentaria de la época, un negro de gran envergadura, probablemente algún esclavo ya que en su tobillo derecho tenía una argolla metálica con una anilla que parecía haber sido forzada. En sus brazos portaba el cadáver de una joven pero de raza blanca, o al menos de clase pudiente pues los vestidos que llevaba eran característicos de la nobleza de la época. La rescataba en este caso de un campo casi en llamas. Aquél dibujo me daba que pensar, sobre todo en la crueldad que sufrieron los esclavos de la época, y que por ejemplo alguno se hubiera enamorado de una joven chica de la clase alta y al no ser posible un enlace entre ellos, era la muerte quien se encargaba de separarlos, a manos en muchas ocasiones de sus propios padres para defender lo que mal entendemos en esta sociedad y que llamabamos *"honor"*.

Aquél capítulo que contenía ese grabado era el único que estaba subrayado. De nuevo la coincidencia me hacía recapacitar. ¿Tendría algo que ver aquello? Era muy extraño lo que estaba pasando, todo relacionado con muertes en extrañas circunstancias y con una imagen que se repetía después de cuatrocientos años. ¿Cómo era posible que David hubiera dibujado algo así desde su imaginación?, ¿o tal vez no fuese de su imaginación?, quizás ya hubiera visto este libro por lo que de alguna forma habría tenido contacto con el chamán de la mansión en ruinas. Todo no hacía más que enmarañarse.

Lo que venía a decir el texto subrayado, más o menos, era que los esclavos africanos fueron los que introdujeron el vudú en el caribe. Llegaron a modificar su cultura mezclándola con las autóctonas, y practicándolas en secreto. Existía dos tipos de vudú, el bueno y curativo, practicado casi de la misma forma que se hacía en la época con la medicina; y el malo, asociado con la magia negra, vengativo y muy misterioso. Los seres supremos de esta religión eran los "*Loa*". Era una religión que tenía tendencias comunes con el catolicismo, pues ambas creen que hay vida tras la muerte. El vudú creía en el destino, en la providencia, en lo que se escribe en los textos sagrados. Me llamó la atención la creencia en despertar a los muertos, llamándolos "*zombis*" que sería el cuerpo muerto que ya había perdido su alma por lo que obedecen a quien le despertaba; y de la misma forma se le llamaba "*zombi astral*" a las almas muertas que al contrario, no tienen un cuerpo en el que descansar. Tras esta descripción en el libro, había anotado en castellano, unas palabras que cogían casi todo el margen de la hoja y llegaba hasta los pies de la misma y que venía a aclarar más o menos que los zombis eran personas no muertas sino dormidas con un potente anestésico limitando así sus constantes vitales del cuerpo aparentando la propia muerte. Un antídoto elaborado por el chamán lo revivía junto a algún tipo de conjuro, y le provocaba una amnesia permanente por lo que aparentaba no ser normal o comportarse como si lo hubieran lobotomizado. Aquella bebida vudú estaba compuesta por extractos de plantas, huesos humanos, tarántulas, algunos tipos de sapos venenosos, caracoles y la "tetradotoxina", un potente veneno localizado en los genitales del pez globo.

Por lo visto y a mi entender, aquél brebaje produciría en quien lo ingería una catalepsia que los médicos identificaban con la muerte. El cuerpo dejaba de tener sus funciones quedando en un coma inducido. Posteriormente al despertar, el cerebro humano no estaba preparado para ello y de ahí vendría la amnesia de la que habla el libro. Esa podría ser la explicación científica de los supuestos zombis de Haití pero, ¿qué tenían que ver los zombis en esta historia? Lo que yo vi no era ningún zombi, se trataba de una criatura extraña, de aspecto humano aunque fantasmagórico, sin rostro apreciable y vestido completamente de negro, y sus movimientos eran extraños a su vez, era muy rápido en unas ocasiones, en otras se comportaba como una persona normal y corriente. Aparecía y desaparecía a su antojo, por lo que podría materializarse aquí en cualquier momento. De nuevo divagaba porque lo que decía no tenía ningún fundamento lógico, podría ser una fantasía de mi cerebro, una mala jugada que me estaba pasando.

Sentado de nuevo en el sofá de mi casa, con la televisión apagada y una copa de aguardiente a mi vera, terminé de analizar los subrayados y los apuntes a mano del libro. Había llegado a una posible conclusión la de que el tipo del cementerio fuese quizá alguna especie de zombi y que el chamán probablemente fuese quien lo había despertado. Pero entonces, si era un zombi y con lo poco que había leído, no sería ninguna criatura extraña sino tan sólo una persona con amnesia o alucinaciones permanentes que por darse las circunstancias en las que aparece me infrinja tanto terror que crea ver lo que no es, y por ello aparentase materializarse o desplazarse rápido. Quizá todo fuese eso, efectos visuales unidos al miedo. Pero entonces, ¿qué tendría que ver con todas las extrañas muertes? Tal vez obedezca sólo al chamán que lo despertó. En ese caso lo ideal sería que volviese a casa del chamán a pesar de los matones que le protegen y le pidiese explicaciones, o tal vez debiera acudir con toda esta información a la policía, al menos contárselo a Laura.

CAPÍTULO 17
LA MANSIÓN

Sin esperar ni un minuto más salí de mi casa en dirección a la mansión del chamán. Había dejado el libro en mi casa con una nota que alentara a la policía de los movimientos que iba hacer, es decir, había descrito mis deducciones de lo que estaba sucediendo en una nota y la dirección del chamán por si no salía vivo de aquella casa. Tan sólo esperaba que si la policía registrase mi casa tras mi muerte lo encontrase y castigase a los culpables.

Llegué de nuevo al patio trasero de la casa saltando la tapia que lo separaba de la calle. No escuchaba ningún ruido. Estaba anocheciendo y tampoco se apreciaba luz alguna en el interior de la misma. Entré por la puerta de la cocina que daba al patio intentando que sus oxidadas bisagras no chirriasen al abrirla. Luego me dirigí despacio para no hacer ruido directamente a la parte de arriba. Subí la escalera con atención a lo que me pudiera venir por la espalda para que no me sorprendiese esta vez. Caminé casi a paso por minuto para que nadie me oyese llegar. Esperaba encontrar al chamán solo, sin sus matones. Llegué hasta la puerta del cuarto en el que me recibió el chamán y lo abrí con decisión. Me quedé sin respiración al ver

aquello. Todos estaban muertos y el hedor pestilente era insoportable. Al menos llevaban muertos más de un día pues presentaban un corrompido aspecto cadavérico. Los cuerpos estaban ubicados como por orden jerárquico. Los dos matones
se encontraban en el suelo, como si se tratase de un nivel inferior. El chamán estaba encima de la mesa, representando a su
vez lo alto de la jerarquía. Estaban degollados y los matones
presentaban signos externos de tortura y ambos tenían las
rodillas partías, vueltas en la dirección contraria a la natural. Lo
curioso era que no había sangre por lo que aquél no había sido
el lugar del crimen. Habían sido desangrados en algún otro
sitio y posteriormente llevados hasta allí. No sabía quién o
quienes habían podido hacer aquella atrocidad. Mi teoría se
derrumbaba, pues si el chamán había despertado a su zombi,
éste nunca se revelaba con su dueño que poseía su alma roba-
da, a no ser que hubiera recuperado parte de la memoria perdida y no creyese en estas historias. Ya puesto a pensar podría
tratarse de *"vampiros"* o del *"chupa-cabras"* que los habían dejado
seco. Mi locura era creciente, ahora sólo pensaba en disparates.
Tal vez aquellos disparates me ayudasen inconscientemente a
disimular el miedo que tenía en aquellos momentos. Debía
salir de allí y llamar a la policía, pero entonces, me relacionarí-
an con estos asesinatos y sería peor para mí.

De repente oí pasos en la planta baja. Pensé que era el asesino que habría venido a contemplar su trabajo, porque se dice
por ahí que los asesinos vuelven a la escena del crimen para
recrearse. Sin hacer ruidos intenté escapar por la ventana pero
estaba demasiada alta y deteriorada, así que me escondí como
pude bajo la mesa. A lo lejos vi acercarse una luz lentamente.
Los pasos los oía más cerca hasta e punto que entró en la habitación. Desde debajo de la mesa pude verle a través de una
ranura. Esperaba que él no me viese a mí. La luz del candil no

me dejaba verle la cara pero se trataba sin duda del tipo del cementerio. Vestía de negro de igual forma que en las ocasiones anteriores. Soltó el candil cerca de la mesa donde me mantenía oculto sin querer respirar para no delatarme. Se acercó a la mesa, le podía ver las piernas perfectamente rozando la misma. Se mantuvo inmóvil unos segundos y creía que me había descubierto. Sin embargo lo que hizo fue coger el cuerpo del chamán y llevárselo. Lo cargó entre sus brazos de la misma forma que lo había hecho en otras ocasiones con los cuerpos de mis amigas del cementerio. Sin aparentemente esfuerzos, cogió el candil y se alejó lentamente hasta salir de la habitación. No me atrevía a salir aún. Bajó la escalera con el cuerpo entre sus brazos y le perdí de vista. Pensé que había venido a deshacerse de los cuerpos. Con bastante temor me incorporé y me asomé por la ventana para ver si se había ido ya. Le vi que llegó hasta el patio por el que yo había entrado y dejó el cuerpo en el suelo. Luego cogió una pala que tenía preparada cerca de su posición y comenzó a cavar. De nuevo no hacía ruido y no entendía el por qué. Estuve unos minutos observando cómo cavó una tumba sin apenas esfuerzos. Luego depositó con cuidado el cuerpo del chamán y se arrodilló junto a él como si estuviese rezando. Luego un alarido tenebroso salió de su garganta. El sonido era insoportable, tanto que me tuve que tapar los oídos unos segundos. Me agaché para ello y cuando volví a asomarme a la ventana no estaba. Me escondí bajo la mesa rápidamente justo a tiempo para que no me encontrase, pues había venido a recoger a los matones de la habitación. Cargó uno en cada hombro sin esfuerzos. Tenía una fuerza excepcional, sobrehumana. Luego se marchó hacia el patio donde colocó los cuerpos junto al chamán pero en posición fetal a ambos lados de sus pies, diferenciando de nuevo algún tipo de estatus social o jerárquico. La tumba que había cavado era lo suficientemente grande como para dos personas más. Me preguntaba cuánta gente estaría enterrada en aquél patio. Tal vez fuese ese el sitio a dónde traía los cuerpos de mis difuntas amigas cuando profanaba sus tumbas en el cementerio de la ciudad. Desde la ventana contemplé como echaba tierra sobre los cuerpos para tapar la tumba. Al terminar, dejó caer algo de su bolsillo, al parecer eran unas especies de semillas porque de inmediato crecieron las malas yerbas de las que estaba lleno el patio. Aquello era increíble y no sabía si de nuevo era algún tipo de alucinación mía, pero la verdad era que había visto crecer unas plantas en tan sólo unos segundos, ocultando toda evidencia de que allí se hubiese cavado. Después de aquello el ser miró hacia donde yo estaba. Me asusté y reaccioné de inmediato, rezando para que no me hubiera visto. Bajo la mesa le observé como llegó hasta la habitación en menos de un segundo. Apareció bajo el umbral de la puerta y entró. No sabía si me había visto o no pero le escuchaba gruñir cada vez más cerca. Mi corazón se aceleró, latía el doble de lo que podía y mi respiración se entrecortaba intentando controlarla para que no me delatara. Se levantó un frío extraño que aquél ser había traído consigo. Era otra evidencia más que me mostraba que aquello no era humano. Esta vez no traía consigo ningún candil que le iluminara, tan sólo la luz de la luna que entraba por la ventana. Parecía que buscaba por todas los rincones de la maltrecha habitación. Era como si supiese que estaba allí, como si notase mi presencia. Lo único que le quedaba por examinar era debajo de la mesa que era donde estaba. Pensé que había llegado mi fin. Aquél ser se acercó a la mesa y pude verle de cerca. No tenía rostro, su cara era como si estuviese desdibujada, como si le hubiesen borrado su semblante. Sus cabellos eran largos, castaños y ondulados. Tenía unos ojos amarillos que parecían brillar en la oscuridad, no tenía nariz ni boca, pero gemía de odio y furia. Los sonidos abrumadores luchaban por salir de su desgraciada garganta a través de aquella trágica máscara que la naturaleza le había dado, para bien o para mal. De repente golpeó la mesa con fuerzas. Cada vez estaba más y más asustado y pensé que mi fin había llegado. Cerré los ojos con intensidad. Luego se hizo el silencio. Cuando los abrí ya no había nadie allí, aquel ser se había marchado, aunque decidí no salir de debajo de la mesa hasta que al menos amaneciera.

Debía pasar allí la noche con el temor de que de alguna forma pudiese regresar aquella criatura o que estuviese esperando a que me moviera o intentase escapar. Pensé en todo lo que había visto buscando una explicación pero todo se complicaba. Aquellos cuerpos llevaban muertos varios días, cosa que era imposible porque aquella mañana me asaltaron los matones por la calle para darme el libro. ¿Qué tendría que ver el libro con todo esto? ¿Aquél ser había sido el asesino?, y si lo era, ¿por qué enterró sus cuerpos en lo que a mi me pareció un ritual y un gemido de pena? No entendía nada. Si hubieran muerto en el mismo día, ¿por qué estaban tan descompuestos los cuerpos de aquellas personas? Tal vez muriesen con algún tipo de veneno que le evaporasen los fluidos de sus cuerpos, quizá se tratase de la pócima vudú con la esperanza de volver a la vida tras la muerte, pero en ese caso, ¿quién se aseguró de que no regresasen rebanándoles el cuello? Debía de ser alguien que conociese el ritual vudú. ¿Cuál era el fin de todo este asunto? Según lo que había leído, cuando se invoca a algún demonio en la religión vudú, después de cumplir su cometido, se llevaba el alma del brujo que lo invocaba y que lo aceptaba, conociendo de alguna forma el destino que le esperaba, pero en este caso, no era ningún diablo ni zombi el que se había llevado el alma de estos tipos, sino otro tipo de creencia que las pesará y juzgará en función de cómo se hayan portado en vida. Por lo tanto, el alma del chamán no le pertenecería al diablo que hubiera invocado y quizá aquél ser fuese un diablo invocado que llorase por no haber conseguido el alma que le habían prometido. Pero en ese caso, el diablo irá a por otra alma, no descansará hasta que obtenga al culpable de este crimen y se la llevará a su infierno en un eterno sufrimiento. El problema era que el que había echo esto, sabía lo que hacía y por lo tanto conocía el vudú, por lo que sabría luchar de alguna u otra forma con cualquier diablo. Si contase esta historia a la policía nadie me creería, me tomarían definitivamente por loco y me encerrarían para siempre en algún internado psiquiátrico. Tal vez lo debiera valorar y en ellos estuviese más tranquilo de lo que estoy.

CAPÍTULO 18
MIEDO Y LLUVIA

Me había quedado dormido bajo la mesa en una posición incómoda y a la mañana siguiente me dolían todos los huesos del cuerpo al incorporarme. Aún asustado debía salir de allí. Esperaba que al ser de día no me encontrase con aquél ser. Antes de salir de la habitación miré por la ventana de nuevo para comprobar que no estaba tampoco en el patio. Las malas yerbas que crecieron de inmediato lo cubrían todo. Fue un fenómeno de difícil explicación. No había indicios de que allí hubieran enterrado a nadie y por lo tanto si acudía a la policía no me creería al menos que excavaran el patio y descubriesen los cuerpos. Pero y si no descubren a nadie, y de nuevo es imaginación mía. De todas formas me encontraba en una propiedad privada y la policía me pediría de nuevo explicaciones a la vez que necesitaría algún tipo de orden judicial para proceder a lo que les decía con la única prueba de mi testimonio. Demasiado complicado.

De la misma forma que entré fui saliendo, es decir, a paso por minuto, comprobando que nadie me oía ni nadie me sorprendería por la espalda, aunque si apareciese aquél ser poco podría hacer frente a su velocidad y estaría perdido. Me asomé por la barandilla por si veía alguna sombra pero por suerte para mi parecía estar todo despejado. Bajé la escalera aún con temor y me dirigí hacia la cocina que daba al patio para salir trepando el muro de la misma forma que entré. Por suerte para mi no encontré a nadie.

De regreso a mi casa, aún con los huesos maltrechos, sobre todo la espalda que sufría aún más un constante dolor en la zona de los lumbares, lo primero que hice fue buscar el libro antiguo y quitarle la nota pues había salido vivo de aquél lugar. De nuevo ojeé sus páginas para ver si encontraba algo que me interesase o que me echase luz a toda esta situación. Por desgracia no había nada más que destacara que lo subrayado que ya había leído. Mi mente comenzó a cavilar de nuevo en todo el asunto. De repente llamaron a la puerta.

—¿Cómo estás? —me preguntó Laura cuando le abrí la puerta al comprobar que era ella.

—¿Eres tú de verdad? —le pregunté extrañado por si pudiera ser alguna alucinación mía.

—¡Claro que soy yo!, ¿qué te sucede?

—Nada, perdona la pregunta, es que he tenido una pesadilla. ¿A qué se debe tu visita?

—Me entró curiosidad la otra noche por averiguar si era cierto lo que decías aunque no apareció nadie.

—Entonces me tomarás por loco y tendrás una excusa para detenerme —la interrumpí.

—No, de lo contrario. Quiero creerte.

—¿Cómo dices?

—Sí, sí, quiero creerte.

—Me he documentado sobre el tema y la otra noche me sucedió algo extraño que no quería contarte. Yo también le vi.

—¿Cómo dices?

—No era la primera vez que lo hacía pero en esta ocasión le vi con algo más de detenimiento. Por suerte él no me vio a mi. Como tú decías que se solía aparecer en los cementerios, regresé la pasada noche al cementerio de este pueblo y me escondí entre unas lápidas y unos rosales. Cuando creía que no iba a aparecer, ya casi amaneciendo, lo vi caminar con una especie de candil antiguo. Parecía humano, aunque de repente desapareció, tal vez porque apagó el candil y aprovechó la oscuridad de la noche para alejarse sin que le viera nadie. Con mi arma en la mano salí tras él aunque sin encontrarlo.

—¿Me estás diciendo que anoche le viste en el cementerio y que desapareció ante tus narices?

—Anoche aquél ser tenía algo mejor que hacer que pasearse por el cementerio, así que me es imposible creerte. Seguro que es alguna artimaña para involucrarme en todo lo sucedido. Creo que no deberíamos seguir hablando del asunto.

—En serio, no es ninguna artimaña como tú dices, quiero creerte y de lo obsesionada que estoy con este caso ni como, ni duermo, y a veces veo fantasmas.

—Serán los fantasmas de tu imaginación que te estarán jugando la misma mala pasada que a mí. Creo que ambos debemos despejarnos del asunto, aunque en tu caso es tu trabajo y te será difícil. Yo debo seguir mi vida, debo escribir una nueva investigación sobre las bibliotecas que es mi tema preferido.

—¿Te vas a esconder en tus libros?

—¿No es mi trabajo el de investigar y averiguar todo este asunto?

—Al parecer no tienes ganas de colaborar. Ya veo que tienes miedo.

—¿Miedo?

—Sí, miedo. Tu rostro no miente. Al mencionarte que vi al ser ese en el cementerio, los bellos de tu cuerpo se estremecieron y tu semblante se tiño de un repentino paludismo. Tus ojos se abrieron más de la cuenta, poniendo atención en todo lo que decía. Está claro de que tú no te estarás quieto hasta descubrir quién es aquél ser.

—Lo que está claro es que lo que tu me has descrito lo enseñan en todos los manuales de policía judicial. Analizar a una persona por sus gestos, por su comportamiento, por su nerviosismo. Es una práctica muy común en los interrogatorios donde te hacen creer una cosa, donde aparece un poli malo y otro comprensivo que quiere hacer un trato contigo. Por desgracia es una experiencia que ya he vivido y lo he superado. Me gustaría terminar esta conversación y que te marcharas.

—Está bien, pero recuerda que, pienses lo que pienses, quiero creerte.

No fue una conversación agradable. Me estaba confundiendo con los términos que quería utilizar. No quería darle la impresión de que había vuelto a ver al ser ese, pero entonces, ella decía haberlo visto anoche en el cementerio. No se qué explicación le pudiera dar a eso, tan sólo que cuando se marchó de la mansión del chamán asesinado, después de enterrarlo, se marcharía al cementerio donde hasta la fecha no tenía constancia de que hubiera aparecido en el mismo, tan sólo en el de la ciudad. Pero en ese caso, ¿qué buscaría en aquél lugar?

Cayó la noche y empezó a llover. Después de descansar un poco durante el medio día, me desperté y me dirigí a la cocina para comer algo. No tenía ganas de cocinar nada así que me preparé un bocadillo de lo primero que encontré. Fue una comida rápida ya que no dejaba de pensar en todo el asunto. Estaba cayendo enfermo con el tema. Mientras comía observé de nuevo el libro. Llegué hasta la página donde aparecía la ilustración del negro sosteniendo en sus brazos a una joven. ¿Sería su amada o la habría asesinado él mismo?, me pregunté dándole vueltas al asunto. Allí estaba la solución, en el cuadro de mi amigo David que debería analizar con detenimiento, pero estaba seguro de que Antonio no me dejaría llevármelo. ¿Por qué tenía tanto interés en no dejarme aquél cuadro?, ¿por qué se lo encargó a David que se lo hiciese y después mantuvo el secreto tan misteriosamente? La única forma que podía averiguar algo de este tema era apoderándome del cuadro sin que Antonio se diese cuenta, pero cómo, o cuándo. Debía esperar a que no estuviese en su casa o tal vez debiera hacerle salir de la misma.

Era una buena idea así que le llamé alegando que era muy importante que nos viésemos. Le dije que estaba en el cementerio de la ciudad para obtener así el tiempo necesario para entrar de nuevo en su casa y coger el cuadro. Después de preguntarme qué me sucedía varias veces, accedió a ir allí en cuanto antes. Tras colgar, aproveché la noche lluviosa para salir con destino a la casa de Antonio. No llevé paraguas, tan sólo un impermeable, y me protegí bajo un saliente en la esquina cerca de su casa. Allí comprobé que ya se había marchado, pues las luces estaban apagadas y el coche no estaba en su puerta. Comprobé de nuevo que no había nadie por aquella zona cerca que me pudiese identificar, y de nuevo examiné cada uno de los coches aparcados a lo largo de la calle para ver que no era ninguno el suyo y que no había nadie en su interior que me pudiese abordar. Me acerqué con cuidado y llamé a su puerta. De esa forma me aseguré de que no había nadie en su interior, luego trepé por la ventana hasta el balcón superior en el que siempre dejaba la ventana abierta. El problema era que aquella noche estaba lloviendo y él había cerrado la misma para que no entrase agua. Intenté forzarla con sumo cuidado pero era imposible. Por mucha pena que me diese, lo único que podía hacer era romperle un cristal para abrirla. Y así lo hice. Con el codo le rompí el cristal por donde introduje mi brazo y abrir la ventana desde dentro. Luego entré. Lo estaba poniendo todo perdido con el agua, con mi ropa mojada y mis zapatos empapados. Dejaba las huellas de los mismos en cada paso que daba. No tenía vocación de ladrón.

Me dirigí directamente al pasillo donde tenía colgado el cuadro y lo localicé. En el momento que iba a descolgarlo pensé que se daría cuenta de que yo estaba interesado en el cuadro desde hacía tiempo por lo que me delataría. La única forma de que no supiese que yo había estado allí era analizarlo en el mismo lugar. Esperaba tan sólo tener el tiempo suficiente antes de que él regresase de la falsa cita. Al menos había calculado una hora entre ir y venir, tiempo suficiente para hacer lo que había venido a hacer.

De repente y ante mi mala suerte consecutiva, se fue la luz en todo el pueblo a consecuencia de la tormenta. La poca luz que entraba en la casa había desaparecido. Estaba en la más completa oscuridad por lo que no podría seguir con lo empeñado. No sabía si sería una buena opción abandonar la casa y regresar otro día, pero seguramente mi amigo al ver los destrozos de la ventana llamaría a la policía o incluso pondría algún tipo de alarma de seguridad para que no volviese a pasar esto. Tal vez debiera dar la cara y decirle que yo era quien le había roto la ventana con la intención de robarle su cuadro. Le pediría disculpas y le pagaría los daños, aunque no sabía cómo se lo tomaría, ya que él tenía un genio muy particular, propio de los niños mimados. Recuerdo el día que me salvó la vida, por decirlo de alguna forma. Nos encontrábamos de viaje los cuatro juntos, acompañados de nuestras novias excepto él que no tenía. Decidimos recorrer la ruta de las casas blancas, muy típicas en el sur del país, y de paso ver los monumentos de las grandes ciudades. Yo era el guía particular del grupo ya que entendía del tema. Todo transcurrió con normalidad. Pasamos las noches en hostales discretos. En aquellas vacaciones gastamos más de la cuenta, cosa que no era un problema para Antonio. Terminamos colándonos en un edificio antiguo, en un pequeño pueblo de apenas doscientos habitantes, que tenía la función de cine abandonado y en el que estaba cerrado porque se produjo la extraña muerte de un joven que decidió quitarse la vida tirándose desde lo alto de la pantalla de emisión por la que trepó. Como era normal, aquella leyenda urbana nos dio curiosidad y entramos rompiendo las podridas puertas en una noche similar a esta. Buscábamos el morbo de la situación al querer pasar la noche en aquél lugar. El único que se oponía en parte a ello fue Antonio, pero le convencimos. Una vez dentro bebimos y bebimos hasta caer dormidos, casi inconscientes algunos, esperando ver el fantasma que se decía que aparecía. Nos quedamos con las ganas. Pero entonces sucedió la tragedia. El techo del edificio comenzó a venirse abajo y unas vigas de madera bloquearon la salida. Fue Antonio quien descubrió un hueco por una pared rota que daba a una explanada abandonada también. Él cogió y nos sacó uno a uno, pues era el que estaba más fresco. Consiguió salvarnos a todos. Una vez fuera el edificio se vino abajo por completo. Gracias a él nos salvamos de una muerte segura.

CAPÍTULO 19
LAURA

Cuando se fue Laura de mi casa, no se quedó tranquila con la conversación y decidió seguir investigando. En su despacho en el cuartel, intentó ampliar sus conocimientos sobre lo sucedido y buscó en la red todo aquello que tenía que ver con el tema, es decir, con fantasmas, con muertos vivientes, en definitiva, todo lo relacionado con las ciencias ocultas. Numerosa documentación fue guardando con cautela, leyéndola detenidamente, aunque era una labor imposible debido a la numerosa información que había obtenido.

Se había documentado de los fantasmas y la dimensión en la que vivían, llegando a la conclusión de que una vez después de muertos, pasamos a otra vida, a otra dimensión, compuesta según las distintas creencias por el resto del mundo y que venían a coincidir más o menos, en esferas, donde cada uno después de muerto mantenía sus creencias y funciones como si de una nueva vida se tratase. Dedujo que serían como nosotros y que no nos podrían ver a no ser que tuviesen el mismo don que tenían los brujos o chamanes. Nosotros seríamos para ellos invisibles, o incluso fantasmas. Ellos no serían conscientes de haber muerto, tan sólo de despertar en otro mundo, tal vez el sueño que deseasen, o tal vez nacieran de nuevo, teoría asimilada a la reencarnación que muchas religiones creen. Era un mundo curioso por descubrir aunque no estaba probado científicamente pues nadie había vuelto con vida del más allá, al menos que ella supiese. Entonces, aquél caso podría ser, a su entender, un caso en el que alguien hubiera muerto y tuviese tareas pendientes por hacer en esta vida, además de su clarividencia para comunicarse de alguna forma con nosotros. Luego descansaría en paz, o dicho de otra manera, nacería de nuevo, tal vez repitiéndose un bucle hasta llegar a la felicidad ansiada por todos. Lo cierto era que esa historia era propia de las películas de ficción y pululaban en la red por doquier. La duda llegó a invadirle a ella también.

En el momento que se fue la luz en todo el pueblo, el cuartel estaba suministrado por unas baterías, cosa que le proporcionaba energía pero limitada. Su conexión a Internet estaba gastando más de la cuenta y le dijeron que utilizase su ordenador lo menos posible. De todas formas no iba a averiguar nada más de lo que ya había conseguido. Ella había convertido aquella investigación en algo personal, pues a pesar de no tener apenas nada en claro, con un único sospechoso real, quería creer en lo que le decía y por ello empezó a darle vueltas al asunto, exprimiéndose los sesos día y noche, cosa que le llevó el halago de sus superiores aunque le recomendaron que descansase. Ella los ignoró y siguió con el asunto. Aquella noche era extraña, y Laura vio algo que no tenía por qué estar en sus apuntes. Observó entre sus papeles un boceto de un dibujo, estaba hecho a la ligera pero mostraba una figura andante con alguien en sus brazos. Estaba realizado a bolígrafo e introducido en la carpeta de sospechosos. Empezó a pensar en quién hubiera podido introducirlo en sus documentos. Desde el primer momento en el que lo vio, sintió algo extraño ya que coincidía con lo que le habían contado del ser del cementerio. Después de pensar un rato, relacionó aquello con las tumbas profanadas y al parecer algo de luz fue lo que le llevó a su pensamiento. Lo cogió, lo dobló y lo metió en su bolsillo, luego salió a toda prisa del cuartel. El tipo del bigote salió tras ella preguntándole a dónde iba. Laura no le contestó.

CAPÍTULO 20
EL FANTASMA DE MI INTERIOR

Entre tanta meditación frente al cuadro, aún en la casa de Antonio, regresó la luz al pueblo, cosa que vino bien ya que por las ventanas y los tragaluz de la casa entraba algo de la iluminación que las farolas de la calle permitían. No era gran cosa pero al menos podía ver algo. Observé de nuevo el cuadro y esta vez se había teñido de negro. No entendía nada. Era como si estuviese envuelto en sombras aún. De repente en el interior del mismo se iluminaron lo que a mi entender podría ser unos ojos amarillos. Allí permanecí contemplándolo casi hipnotizado frente al cuadro aún colgado en la pared. Parecía como si me llamase, una extraña sensación que de alguna forma ya había experimentado con aquél cuadro.

Lo miré detenidamente y de repente el ser del cementerio salió del cuadro cogiéndome con sus brazos del cuello. Casi no podía respirar y me paralicé de terror, pero debía escapar de aquella horrenda criatura. Como pude me solté de sus manos y caí al suelo, contemplando cómo salía del cuadro lentamente. Me arrastré huyendo de él y caí por las escaleras hasta la planta de abajo, situación que intenté aprovechar para escapar de la casa. Cuando malherido me dirigí a abrir la puerta, allí apareció de nuevo la criatura de la noche, desplazándose a gran velocidad y mirándome con desafío. Sus gemidos me aturdían en un ensordecedor estupor. Corrí por la casa buscando otra salida y aquél ser vino tras de mi, pero no lo hizo con rapidez, sino andando como una persona, lo que me dio que pensar en que tal vez disfrutase haciéndome sufrir de aquella manera para matarme luego. Le tiré cuanto encontraba a mi paso, los jarrones del pobre Antonio que tanto le habrían costado, pero no se detenía, ni se inmutaba. Luego me arrinconó en el salón donde ya no tenía escapatoria. Se plantó frente a mí y se acercó lentamente. Estaba perdido. Después quiso atemorizarme aún más con un feroz rugido, era un grito que provenía de su interior con gran espasmo. Sus ojos comenzaron a iluminarse aún más. Se acercó a mí que quedé paralizado en un rincón y me cogió con su mano derecha del cuello. No me apretaba esta vez pero me miraba fijamente. Estaba examinándome de alguna forma. Yo temblé de miedo, de un pánico que me paralizaba al ver frente a mí a la propia muerte.

Sin embargo no me hizo daño. Me soltó y me acarició el rostro. No entendía nada. Parecía que su interior lloraba por salir, por que le ayudase de alguna forma. Me miró varios minutos, me tocó la cara con ambas manos y creí ver cómo una lágrima le salía de sus ojos amarillos y le recorrían aquella pálida faz sin rostro definido. Ese ser quería que le ayudase de alguna forma. Me daba a entender algo así, tal vez se comunicase conmigo a través de su mente, pero no descifraba aún los gemidos diabólicos que me asustaban. Seguía sin entender el por qué de aquella situación. No sabía que buscaba en mí aquél ser, así que intenté comunicarme con él.

—¿Quién eres? —le pregunté.

No me contestó pero me hizo unos gestos con la mano y luego me señaló al corazón. No sabía cómo interpretarlo. En aquél momento, Antonio abrió la puerta y aquél ser desapareció en una pequeña humareda.

—¿Qué ha pasado aquí? —se preguntó en voz alta al ver los destrozos de sus jarrones echo añicos y de algún que otro objeto tirado por los suelos.

Encendió las luces y llegó hasta el salón donde me vio arrinconado entre sus muebles. Se sorprendió al verme que no supo que decirme en aquél momento.

—¿Qué haces aquí?

—Puedo explicártelo.

—¿Tú has sido el causante de todo esto?

—En parte sí.

—¿Cómo que en parte? Es la segunda vez que te pillo dentro de mi casa.

—Tranquilo, te lo explicaré.

—¿Has venido de nuevo a por el cuadro? Muy inteligente por tu parte, me llamas haciéndote pasar por necesitar mi ayuda y me mandas a la ciudad para así tener el tiempo suficiente de colarte en mi casa y robarme el cuadro que más me gusta. Eso no es ser un amigo —me dijo completamente enfadado y levantando la voz.

—Necesito llevarme el cuadro para examinarlo detenidamente porque creo que he resuelto el enigma de todo lo que está pasando.

—Eso ni pensarlo. El cuadro se queda en esta casa.

—¿Por qué te importa tanto ese cuadro?, ¿no tendrás algo que ver tú en este asunto?

—¿Me estás acusando de lo que ha pasado últimamente?, ya lo que me quedaba por oír.

—Vete de mi casa —continuó.

—No sin el cuadro —le dije subiendo las escaleras rápidamente para apoderarme de él.

Antonio corrió tras de mi y me sujetó el tobillo en el momento que subía el último peldaño. Caí al suelo y él me golpeó una patada en el estómago.

—Ves lo que me has hecho hacer. ¿Crees que me ha gustado pegarte?

—No había necesidad de esto—le dije.

—No puedo permitir que te lleves el cuadro.

—¿Qué escondes Antonio?

—No escondo nada. El cuadro es lo único que tengo de David.

—No te creo. Tú tienes algo más —le dije aún desde el suelo, dolorido por el golpe.

—No ha sido buena idea haber venido aquí. Si buscas la verdad de todo este asunto corres el peligro de encontrarla.

—Tú estás metido en todo este asunto de lleno, en todos los asesinatos, en los ritos vudú —le dije.

—¿De qué hablas? Ya no sabes ni lo que dices. Estás confundiendo la realidad con los sueños. Desde que murió tu novia no has estado bien, nosotros te intentábamos ayudar y el psiquiatra te mandó unas medicinas para que te controlara. Si no has tomado esas medicinas o las has dejado bruscamente, te han podido hacer creer todas estas alucinaciones que dices que te están pasando.

—Aquellas medicinas ya las dejé en cuanto empecé la rehabilitación psicoterapéutica, y nada de lo que está pasando es producto de ninguna alucinación como tú dices. Y si lo es, ¿qué más te da dejarme el cuadro para que le eche un vistazo?

—Imposible amigo mío. ¿No sabes que las cosas personales no se prestan? Te acuerdas de David, ¿qué me puedes decir de él? No quería prestar nada, ni siquiera a sus amigas después de utilizarlas.

—¿Cómo dices?

—Sus amigas eran unas desgraciadas, unas víboras, y tan sólo lo querían a él a pesar que él se centró en una sola mujer y apenas les hacía caso. Y a mí ni me miraban por mi físico, por mi barriga y mi cara redonda. Todo eso me mataba por dentro. Yo las maté por ello.

—Lo sabía —le dije echando a correr para escapar de aquella maldita casa.

—No vas a poder salir amigo mío.

—Yo no soy tu amigo maldito asesino —le dije mientras me encerré en su habitación e intenté atrancar la puerta colocando su cama delante.

Aquella habitación daba más miedo que todos los cementerios en los que había estado. Su autorretrato en la pared me asustaba más que el propio ser que salió del cuadro. Mientras Antonio intentaba derribar la puerta a golpes, busqué mi móvil para llamar a la policía, pero no lo tenía. Recordé que fue una de las primeras cosas que le tiré a aquél ser para intentar escapar de él. Un fallo por mi parte. Ahora no sabía lo que podía hacer, pues había descubierto que Antonio no era como yo pensaba y no descansaría hasta silenciarme por completo.

—¿Y qué pasó con Álvaro?, ¿También le mataste? —le pregunté para distraerlo mientras pensaba en cómo salir de allí.

—Álvaro no era nadie. Era un brujo de pacotilla. De él saqué toda la información que me hacía falta acerca del extraño vudú que él practicaba. Elaboré un veneno incapaz de ser detectado por ninguna autopsia y todas las amigas de David lo tomaron en una noche que no se iban a imaginar dónde iban a acabar. Iban a tener una muerte dulce, sin apenas dolor, y yo las iba a despertar para que me obedecieran en todo, pero la novia de David averiguó mis intenciones y no tuve más remedio que silenciarla de una forma, digamos, más dolorosa.

—Estás completamente loco.

—¿Loco?, no lo creo, tan sólo elimino lo que no es necesario en este mundo, como a tu amigo Álvaro el día que fuisteis al cementerio.

—¿Cómo dices?

—Cuando tú viniste a casa después de que te hubieran soltado del cuartel, os seguí a ambos al cementerio de la ciudad. En él Álvaro pretendía despertar a David, si, has oído bien. La vez que fuisteis a despediros de él y que yo no quise ir, fue para que Álvaro lo invocase desde el más allá, y por supuesto te dio a beber lo que tú creías que era aguardiente, pero en realidad era un hipnótico que te hacía olvidar lo que habías visto. David se suicidó, digamos que gracias a mi. Él estaba tan afectado por todo lo que había pasado que no soportó lo que le conté. Aquella noche en el cementerio, Álvaro pretendía dominar al demonio que había despertado, pero antes de que lo hiciera, le maté, y su materialización no se pudo completar.

—Entonces, ¿aquella cosa es David?

—Lo poco que queda de él. Sólo me falta un pequeño sacrificio para completar el círculo que he empezado y dominaré por completo a la bestia junto a las amigas que tanto he deseado, y ese sacrificio por supuesto serás tú.

—¿Y qué pasó con mi novia?, ¿también le mataste tú?

—A sí ahora recuerdo, tu novia tan sólo fue por envidia. Quise separaros porque me dabais envidia, siempre juntos y besándose delante de todos, de los que tenían pareja y de los que no las tenía como era mi caso. No os dabais cuenta que con cada beso que os dabais yo caía aún más en soledad, en una deprimida situación que ni todo el dinero del mundo podría solucionar. Nadie puede comprar el amor, así que opté por destruirlo, el de todos los que me apeteciera, y lo seguiré haciendo a mi antojo cuando domine a la bestia que se ha convertido David.

En aquél momento apareció el extraño ser que Antonio decía ser David. Se materializó en la habitación, pero ya no aparentaba ser un monstruo. Su rostro se distinguía perfectamente. Era él sin duda, aunque no sabía cuales eran sus intenciones.

–Tranquilo –me susurró. Al parecer ya podía hablar.

El círculo se había completado pero, ¿cómo? ¿Quién había acabado el ritual para dominar al demonio que David traía en su interior si Antonio estaba intentando entrar en la habitación? Alguien más conocía el asunto. De repente Antonio rompió la puerta y consiguió entrar. Yo estaba arrinconado cerca de la ventana y David permanecía oculto entre las sombras. Antonio traía un cuchillo en sus manos y reía irónicamente.

–¿También mataste al chamán de la mansión y a sus matones?

–Aquello fue insignificante. Apenas ofrecieron resistencia. Con todo lo duro que parecían los matones, les clava algo en el cuello y lloran como niños. El chamán fue algo más complicado, pues él estaba metido en un círculo mágico en trance con alguien del otro mundo. Tal vez no debiera haber roto su meditación, pues su alma deambulará por el limbo sin descanso alguno, y con la falsa promesa de entregársela al lugarteniente de Satán. Después fue pan comido todo. Si ellos querían un ritual, yo les hice un ritual. Extraje sus fluidos corporales, sobre todo su sangre, como si de un pollo degollado se tratase, y realicé un dulce caldo que tengo guardado en el congelador para comerlo después, pero como tú me has hecho perder el tiempo, tendré que probar tu sangre ahora. Sólo así se completará el círculo.

–El círculo está ya completo –dijo David saliendo de las sombras.

–¡Tú! –exclamó Antonio.

–No puede ser.

—Veo que me echas de menos. ¿Qué haces con ese cuchillo?, ¿a quién vas a matar?, ya no es necesario nada de lo que has pensado. Ninguna muerte más se cobrará hoy el destino, tan sólo una y será la tuya.

—No lo entiendes, tú debes obedecerme, yo soy tu amo.

—Mi amo. Yo no tengo amo, pero si unas amigas que quieren saludarte.

Tras Antonio aparecieron mis amigas muertas, o al menos sus almas que permanecían detenidas bajo el umbral de la puerta. Habían venido a llevarse el alma de Antonio para poder así descansar en paz.

—No puede ser, esto no está pasando. Yo debería dominar a estas almas, ellas me deberían obedecer, esto no puede ser —gritó Antonio enfureciéndose y atacando a David quien lo esquivó hábilmente.

Luego intentó escapar de la casa traspasando el umbral de su habitación donde estaban las almas de las jóvenes muertas, que no se lo impidieron por el momento. Querían verle sufrir como él les hizo sufrir a ellas. Salió despavorido por los pasillos de su casa y bajó las escaleras, tropezando y cayéndose hasta la planta inferior. Tras él y sin prisas David y sus amigas le perseguían. Yo era un mero espectador de todo lo que estaba ocurriendo. El miedo se me fue pasando.

Antonio consiguió llegar a la puerta de su casa, la abrió y echó a correr aún con el cuchillo en su mano bajo la intensa lluvia. En aquél momento, todas las almas en pena que había en la casa desaparecieron como sabiendo a dónde se dirigiría Antonio. Al bajar para salir tras Antonio, me percaté que el cuadro del que me había interesado había cambiado. Se había derretido su pintura, sin alguna causa determinada, o al menos lógica, dejando ver un fondo marrón con unas letras en rojo goteantes como si estuviesen escritas de sangre, que ponía lo siguiente: "*Antonio, asesino*". Esa era la prueba que había venido a buscar, aunque no me iba a imaginar quién era el culpable de todo, pero la policía lo comprendería. Hablando de la policía, en aquél momento apareció Laura. Llegó con el arma desenfundada a la casa de Antonio. Al parecer ya sabía a quién tenía que buscar. Me topé con ella nada más bajar a la planta inferior y me preguntó por Antonio con enfado. Le dije que se había ido corriendo, no le quise explicar lo que había pasado pues aún no la veía preparada como para que entendiese el tema. Antes de que se marchara la llamé e insistí en que viese el cuadro. Ella me preguntó sobre el mismo, pues no sabía de su existencia. Yo le describí en breves pinceladas de mi vocabulario cómo estaba dibujado el mismo. Laura me indicó que había visto algo como yo le describía y me sacó de su bolsillo el papel doblado donde había un dibujo a bolígrafo de más o menos lo que le decía. Me dijo que se había documentado e investigado sobre el asunto sin llegar a saber quién había colocado el papel en su portafolio hasta que cayó en la cuenta el día en el que habló con Enrique, el vigilante del cementerio que más o menos en clave le vino a decir cual era el aspecto del culpable, el mismo que se apreciaba en el cuadro si se inclinaba para el lado derecho. Aparecía la cara de Antonio. La prueba definitiva vino al enseñarle el cuadro donde habían aparecido las letras que mencioné antes. Al parecer, la intención de Antonio al no darme el cuadro era para que no descubriese lo que David había pintado a petición de Álvaro que, a mi entender y con todo lo que había fumado en su vida, había interpretado su destino a su manera, revelando de alguna forma el nombre del culpable que tapó con una pintura de agua que se derritiese al bajar la temperatura y subir la humedad que trajo la lluvia en aquél momento. Fui yo el último en darme cuenta de todo y ahora Antonio había desaparecido.

Laura salió corriendo sin oírme más. Yo le seguí a corta distancia. Acabamos corriendo bajo la lluvia en dirección al cementerio del pueblo. Tuvimos que saltar de nuevo la tapia por donde más fácil era, y buscamos la tumba de Álvaro. No sabía por qué pero allí se encontraba Antonio frente a David que no se movía. Al parecer Antonio se había refugiado en un círculo de sal y estaba invocando a *"Bahel"*, el lugarteniente de Satán, un demonio de aspecto anciano, de corta estatura, de piel blanca y muy arrugada y con un gran poder, encargado de recoger las almas que le debían algo. Recitaba versos en lengua creol, al parecer aprendidas para la ocasión. Quería consumar su plan para dominar a todos cuanto se enfrentaban a él, entre ellos a David y a sus amigas. Laura le apuntó con su arma y le dijo que se rindiera sin oponer resistencia. Era el protocolo policial que le impedía disparar si no le disparaban antes por lo que me decidí a actuar antes que terminara consumando su magia negra vudú. Salté sobre él y caí dentro del círculo de sal. Forcejeamos con la esperanza que la lluvia disolviese la sal para que me ayudase David ya que no era capaz de detenerle. Era más corpulento que yo y siempre había tenido una fuerza considerable. Por desgracia para mí, la lluvia amainó. Me golpeó el rostro en repetidas ocasiones y yo apenas le hice la menor herida que lo debilitase. Laura gritó que se detuviera. Aún no había visto a la figura de David que permanecía tapada por un rosal que le cortaba la visión a ella, pero cuando se acercó a nosotros, lo vio asustándose tanto que le apuntó con el arma.

—No te muevas, seas quien seas —le dijo.

—Tranquila preciosa, yo estoy de tu bando.

—¿Tú eres el tipo del cementerio, el que dice que ha causado las profanaciones de las tumbas de aquellas chicas, el que ha manchado las lápidas con algún extraño ritual, el que se me apareció la otra noche en la carretera?

—Más o menos. Todo tiene su explicación.

—En ese caso, estás detenido tú también.

David rió en el momento que se desplazó tras ella a la velocidad de un relámpago. Se colocó a su espalda y le quitó el arma mientras la paralizaba con un susurro en su oído. No supe qué le dijo, pero la dejó inmovilizada, tranquilizada quizás, pero lo cierto fue que no dijo más durante todo aquél momento. Comprendió de alguna forma que el ser al que se enfrentaba ya no era humano y tal vez no fuese el peligro que ella temía.

Entretanto yo me encontraba luchando con el que hasta hacía unas hora era mi amigo. Ya apenas le reconocía. Estaba fuera de sí, tal vez poseído por algún demonio de los que haya invocado. Lo cierto fue que con el cuchillo que aún mantenía en su poder, me lo clavó en el hombro derecho dejándome paralizado el mismo brazo con el que apenas quería protegerme de que me rebanase el cuello de la misma forma que hizo con el chamán y con sus matones. Estaba a punto de morir, tumbado en el suelo con Antonio encima intentando clavarme el cuchillo con todas sus fuerzas, cuando mientras aguantaba como con una fuerza desesperada, deshice el círculo de sal pataleando inconscientemente, momento que Antonio se percató de ello y gritó dejando de hacer fuerzas para clavarme el cuchillo. Al parecer temía lo que se le venía encima. De inmediato fue rodeado por las almas de las que en vida fueron nuestras amigas y le desarmaron. Entraron en el círculo de sal una vez roto y frente a él se plantó David que le miró fijamente con gran odio en sus ojos que se tiñeron del amarillo brillante que mostraba cuando aún no tenía el rostro marcado.

—Nosotros no seremos quien te matemos. Has de saber que todo buen chamán que se aprecie, tras invocar a los espíritus y demonios del más allá, tras conseguir lo que desease o deber lo que prometiese, deberá entregar su alma al propio Bahel que tú has llamado. Él vendrá sólo a por ti.

—Mientes.

—¿Tú crees que miento? Mira a tu espalda —le dijo David al ver cómo la lápida de Álvaro se abría ante la sorpresa de todos.

El escenario era de lo más tenebroso jamás descrito. Nos encontrábamos en el cementerio, de noche, con la tierra mojada casi convertida en barro, presenciando un alucinante espectáculo que iba más allá de toda lógica existente. Laura permanecía tan sólo expectante, sin poder mover un músculo ni siquiera para huir. Yo me encontraba herido en el suelo y perdiendo mucha sangre con un dolor insoportable. Mi sangre se filtró por la mojada tierra hasta llegar a la tumba de Álvaro quien la levantó sin apenas esfuerzos. Luego apareció él con atuendos comidos por los gusanos al igual que parte de su físico. Su rostro aún era reconocible, pero el aspecto cadavérico aterraba a quién se atreviese a mirarle, entre ellos Antonio quien se paralizó de terror, negando lo que veía.

—No puede ser —le dijo Antonio.

—De nuevo los cuatro juntos —dijo Álvaro con una voz más grave que la que tenía cuando estaba en vida.

—Ves amigo, yo tenías razón pero el problema era descifrar lo que el destino nos tenía guardado para descansar al fin de una vez por todas —continuó.

—La muerte no es tan mala, ¿verdad? —dijo David, ironizando sobre el asunto mientras Antonio sufría cada vez más, tanto que hasta el pelo se iba tiñendo de canas lentamente.

Su rostro se fue arrugando como si los años pasasen con cada segundo que pasaba. Su aspecto se deterioraba. Envejecía por momentos. Se marchitaba como una flor a la que habían cortado y colocado en un jarrón sin agua. Pero lo más extraño era que se mantenía vivo.

—Tengo una misión que hacer en este momento, y todo a la sangre de mi buen amigo quien ha completado el círculo de un modo inconsciente —dijo Álvaro refiriéndose a mi sangre derramada.

—Este sacrificio humano no se ha cobrado ninguna vida, y por ello tengo un recado de alguien a quien querías conocer. Bahel me ha encargado que le lleve tu alma, no sin antes pagando el precio del dolor y del deterioro de la carne. Por supuesto tu mente se mantendrá muy viva, manteniendo el dolor eterno reflejado en el cuadro que en el altar de tu casa tú mismo has construido. La maldición se consumará con las llamas en las que pasarás a dominio del propio Lucifer quien te tiene una tarea guardada, la de avivar las llamas del infierno durante el resto de la eternidad —le dijo Álvaro a Antonio riendo a carcajada completa y diabólica.

Luego clavó su mano derecha en el pecho de Antonio y le sacó el corazón que aún latiendo se fue consumiendo en llamas en cuestión de segundos. Después el cuerpo de Antonio se desintegró convirtiéndose en caracoles que cayeron al suelo y reptaron hasta la tumba abierta de Álvaro. Entraron en ella y se perdieron en las profundidades del infierno. Luego ya quedaba la despedida.

David y Álvaro se acercaron a mi y me tranquilizaron. Me aliviaron del dolor quemándome la herida tan sólo colocándome sus manos en mi hombro. Una luz salió de ellos e iluminó gran parte del cementerio.

—Esta si es una despedida amigo. Has hecho mucho por nosotros. Nos veremos algún día. Gracias —me dijo David melancólicamente mientras dejaba caer lágrimas por sus brillantes mejillas, desapareciendo para descansar definitivamente. Tras él lo hicieron también sus amigas que me sonrieron despidiéndose de mí también.

—Siento que hayas sufrido todo esto —me dijo Álvaro. Yo no sabía que decir.

—Hay alguien que se quiere despedir de ti. Aprovecha el tiempo, pero no olvides que si sigues el curso de la vida, nos volveremos a encontrar. Por cierto, olvida todo lo relacionado con el vudú —argumentó.

–Tan sólo espero que se pueda fumar allá donde vaya –continuó despidiéndose con una sonrisa en su cadavérico rostro. Luego desapareció.

Me quedé pensando en quién quería despedirse de mi en aquél momento. La deslumbrante luz aún no había desaparecido. De repente me vino un aroma que me era familiar. Era la vainilla del perfume de mi amada, y allí estaba ella. De pie frente a mí, mirándome, sonriendo, alegrándose por cómo había acabado el asunto. Me acerqué a ella, quería abrazarla pero no me dejó. Tan sólo me dijo que me quería, que me esperaría. Luego se fue. No pude evitar llorar tras su segunda despedida, pero esta vez estaba desosegado, no sentía temor, era como si comprendiese de alguna forma que ella había desaparecido no para siempre y que me esperaría en aquél lugar cuando me llegase la hora, no antes.

Después de aquello, de nuevo nos invadió la soledad. Yo caí al suelo, cansado por lo sucedido. De alguna forma había aclarado todas mis dudas. Junto a mi se acercó Laura quien había sido una espectadora de aquella parafernalia que había tenido lugar en el cementerio. Me tocó el hombro interesándose por mi herida y comprobó que no tenía nada. Comprendió que lo que allí había sucedido no tenía explicación. Me abrazó como disculpándome por la situación en la que me había metido desde un primer momento.

–Ahora te creo –me dijo mientras me ayudaba a incorporarme.

–Vayámonos de aquí –continuó.

CAPÍTULO 21
LA VERDAD

Dos días estuve durmiendo de una forma extrañamente profunda. Cuando desperté lo hice en una habitación blanca, acolchada y con rejas en la entrada. No me explicaba qué estaba sucediendo. Tenía hambre. En el suelo encontré una bandeja sin bordes con algo de pan y un cuenco con lo que podría parecer una sopa. Me incliné y lo cogí. Lo olí y pude asegurarme que se trataba de una sopa. Estaba fría pero tenía demasiada hambre como para quejarme. El pan, de lo contrario parecía tierno, del día. No entendía nada, tal vez me detuviesen por lo sucedido en el cementerio, y me metiesen en esta pequeña celda de tres por cuatro metros más o menos y con un agujero en el suelo para hacer mis necesidades, junto a la cama.

Me acerqué a la puerta e intenté mirar para ver si había alguien por allí que me pudiese dar una explicación del hecho de estar en aquella celda. Al parecer, y dentro de lo poco que pude apreciar aquél espacio, tres celdas componían la pared de enfrente a lo largo de un pasillo, por lo que deduje que tres serían las mismas que estaban en mi lado. Por lo que pude apreciar, no había nadie en ninguna. Todo era tan extraño. De repente oí cómo una puerta al fondo se abría y entraron dos personas que se iban acercando. Los pasos estaban cada vez más cerca. Llegaron a mi celda y me miraron, susurrando algo entre ellos que no me percaté. Eran dos hombres corpulentos vestidos de batas blancas de hospital de la misma forma que lo hacían los enfermeros.

—Apártate de la puerta —me dijo uno de ellos que tenía intención de abrirla.

Yo me mantuve en silencio e hice lo que me dijeron. Inmediatamente abrió la puerta. Sacó unos grilletes y me dijo que me los pusiera, dándomelos. Yo aunque extrañado, obedecí. Me los coloqué en ambas muñeca y los comprobó aquél tipo para que estuviesen bien colocados. Luego me sacó de la habitación tirando de los mismos. Me estaba haciendo daño y me quejé. El otro tipo se colocó tras de mi y me dijo que me callase. Después me llevaron por aquél largo pasillo en el que comprobé cómo había acertado en la numeración de las celdas de ambos lados, en lo que me había equivocado era en que en una de ellas había alguien, un tipo gordo que permanecía tendido en su cama.

—¿A dónde me lleváis?, ¿qué está pasando aquí?, ¿por qué estoy detenido?

—¿No lo recuerdas?

—¿Recordar qué?

—Menudo personaje, ahora nos quiere hacer creer que tiene amnesia.

—Ten cuidado con él que es peligroso.

—Tranquilo, este pelele no se atreverá a hacer nada después de todo lo que se le viene encima.

No entendía por qué decían todo aquello. Yo no era peligroso, ni nunca lo había sido. Seguramente me estaban culpando de todo lo que había sucedido en el cementerio aquél día, pero de ser así, Laura estaba de testigo y podría ayudarme.

Me llevaron a otra habitación en la que había una mesa rectangular grande y varias sillas. En su interior varios hombres enchaquetados me esperaban. Uno de ellos sacó un portafolio y lo puso en la mesa. Luego me dijeron que me sentase.

—¿Cómo estás? —me dijo uno de ellos, el que tenía un traje gris y una corbata amarilla y mostraba un rostro maltratado por el paso del tiempo.

—¿Qué está pasando aquí? —me atreví a preguntar.

—Veo que aún no eres consciente de la situación.

—¿De qué debo de ser consciente?

En ese momento el otro hombre que tenía el portafolio lo abrió y sacó de su interior varias fotografías que colocó cuidadosamente en la mesa. Eran de personas muertas, asesinadas de la misma forma, con el cuello cortado, degollados sin escrúpulos. Era un espectáculo horrible y no sabía qué tenía que ver conmigo. Contemplé la crudeza de aquellas fotografías que me fueron mostradas.

—¿Quién era toda esta gente?

—No juegues con nosotros —me dijo el tipo de la corbata amarilla.

—Tranquilos señores, al parecer sufre un síndrome postraumático y por eso está aquí. Debemos procurar que recuerde por sus propios medios y no mediante nuestra presión —argumentó otra persona, vestida con una bata blanca y unos pantalones verdes tal cómo lo solían hacer los médicos, y no me había percatado de que se encontrase en aquella habitación.

—Realmente no reconozco a ninguna de ellas —les dije.

—Está bien, empecemos por el principio —me dijo el hombre que tenía justo en frente mía en el momento que me acercaba las fotografías por orden.

—Esta primera víctima se llamaba Antonio, un reconocido empresario por lo visto amigo tuyo. Esta otra persona asesinada era David. Este tercer fallecido era Álvaro. Y aquí vemos a tres jóvenes que aparecieron juntas degolladas en lo que podría ser un ritual satánico. Después podemos apreciar a un chamán y dos sirvientes degollados y desangrados completamente. Por último, y lo peor de todo, la agente Laura, cruelmente asesinada tras una horrible tortura en la que le fueron arrancadas las uñas de las manos. Tú les mataste a todos —me dijo rotundamente.

—¿De qué está usted hablando? —le pregunté completamente helado al oír todo aquello.

No entendía nada. Aquellas no eran las personas que conocía y sin embargo me decían que se llamaban de la misma manera. ¿Qué estaba pasando? ¿Me había vuelto loco completamente? No reconocía sus caras, la de ninguno de ellos, ni la de la joven Laura. No eran las personas con las que yo me había relacionado y las que habían sufrido tanto. Quedó bien claro que fue Antonio quien los mató a todos pero aquél no era su rostro. También Laura estaba muerta y lo último que recordaba era que quedó paralizada al ver los hechos que sucedieron en el cementerio. Tras aquello desperté en la celda sin explicarme cómo había llegado hasta allí. Aquello mismo les expliqué pero sin llegar a ninguna conclusión positiva. Cada vez estaba más confundido.

—¿Cuál fue el móvil de tus crímenes? ¿Era porque les tenía envidia o por amor frustrado de aquellas chicas?, ¿o tal vez haciendo algún extraño ritual satánico en busca de poder y gratificación con el más allá?

—No conozco de nada a esas personas y por supuesto yo no he matado a nadie. Ya se lo he dicho varias veces, no se de que me estáis hablando. Lo cierto fue que mis amigos si murieron pero no de esas formas, y ya he aclarado que fue Antonio quien lo hizo.

—Antonio fue la primera víctima.

—¿Cómo dices?, eso es imposible.

—Lo encontramos en su casa tirado en el suelo junto a su cama. Habías forzado la ventana del piso superior por la que entraste y le sorprendiste mientras dormía.

—No puede ser. Antonio fue el culpable de todo eso, pero esta persona que me muestra no es el Antonio del que estoy hablando, ni ninguna de las otras fotografías se corresponde con nadie que conozca.

—Es obvio que sufre un trastorno psicológico de la personalidad y asegura que no reconoce a las víctimas —comentó el doctor.

—Por desgracia estos tipos de trastornos evitan a basuras humanas como estas de ir a la cárcel, pero pasará el resto de sus días internado en este psiquiátrico de alta seguridad.

—Repito que yo no he hecho nada de esto y no comprendo qué relación puedo tener en estas personas que me mostráis en tan horrendas fotografías. Y por supuesto yo no estoy enfermo.

—Hemos comprobado toda la documentación que nos ha facilitado su abogado y puedes darle gracias a él de que tuvieses la valentía de ir a confesárselo todo y posteriormente entregarte, porque si te llegamos a coger nosotros, hubieras pagado estos crímenes de otra forma.

—Yo no tengo abogado, y no he confesado nada a nadie. Esto es una encerrona que me habéis hecho ustedes para que cargue con la culpa de estas desgraciadas personas.

—¿Eso es lo que crees?

—Quizá le deberíamos enseñar la grabación.

—¿Grabación?

—El cementerio tenía una cámara de seguridad móvil que captó como entrabas en el mismo, saltando la tapia. Ibas vestido completamente de negro y llevabas un saco. Luego saliste sin nada. Tras la primera investigación realizada por Laura, localizamos a tu amigo Álvaro muerto y escondido en un panteón. En aquél momento la imagen no era muy nítida ya que era de noche y apenas se te apreciaba bien por lo que no podemos cotejarlo con ninguna base de datos en busca de sospechoso, pero de alguna forma, Laura dio contigo, hasta el punto que acabaste con ella. Son pruebas más que suficientes para que no vuelvas a ver la luz del día en tu puta vida, pero por desgracia el sistema jurídico está tan mal hecho que en apenas diez años podrás salir a la calle con el tercer grado. Pero procuraremos que durante todo ese tiempo que estés con nosotros, sufras tanto o más de lo que tú has hecho sufrir a estas pobres personas.

–Debe de ser una broma. Esto no está pasando, debo estar soñando aún.

–¿Crees que todo es un sueño?, tal vez los médicos que te traten descubran un nuevo trastorno mental jamás investigado y les den un premio por ello. Algo bueno tendremos que sacar de todo esto –dijo el tipo de la corbata con una risa sarcástica.

–Quiero un abogado.

–Tranquilo, tendrás todos los abogados que quieras pero eso va a tener que esperar porque el proceso será muy largo. Llévenselo a su celda para que se vaya acostumbrando ya que será su morada durante una buena temporada.

Mi rostro enmudeció, no creía nada de lo que estaba pasando. Nada había sido como describían ellos, y si por casualidad fuese yo el culpable, ¿por qué no me acuerdo de nada? Estaba seguro de una cosa y era que aquellas personas de las fotografías no eran las personas que conocía.

De nuevo vinieron los dos enfermeros vestidos de blanco que me sacaron bruscamente de la habitación para encerrarme de nuevo en aquella celda. Mientras recorríamos el edificio de regreso, vi a una persona familiar en una oficina que tenía la puerta entre abierta. Era David, vestido de negro, enchaquetado. Al menos era el David que recordaba y no el que me habían enseñado en la fotografía. Le llamé en voz alta y ni siquiera miró. Como pude empujé a los dos tipos que me custodiaban y corrí antes de que me alcanzasen a la oficina donde estaba David. Entré y cerré la puerta. David se sorprendió y se levantó de aquél despacho.

—Gracias a Dios amigo mío, estás vivo. Me tienes que ayudar, me han tendido una trampa en la que dicen que yo he matado a unas personas que ni conocía. Dicen que uno de ellos eras tú pero aquella fotografía no se correspondía con su aspecto.

—¿De qué hablas?, ¿quién eres?

—¿No me reconoces?

—Me temo que me has confundido con otra persona, yo tan sólo soy el técnico informático y me han mandado aquí para arreglar un problema en la red interna de este hospital.

Entonces no era David. Todo me era confuso. En ese preciso momento, entraron los enfermeros que me cogieron bruscamente, haciéndome daño en las muñecas al agarrarme de los grilletes. Se disculparon del informático y me llevaron a la celda velozmente. Luego me golpearon para que no intentara hacer ninguna tontería como ellos dicen. Me obligaron a tenderme en la cama de la celda donde me amarraron por los pies, por la cintura y por el pecho. Luego entró una tercera persona. Su aspecto era el de la joven Laura, aunque ya no sabía si era ella u otra persona. La llamé por su nombre y no dijo nada. No sabía ya ni quien era yo. Todo me daba vueltas. Le dije que si se acordaba de mi, que me ayudase. Ella repitió varias veces que no se llamaba Laura. De un maletín que traía consigo extrajo unas jeringuillas y varios botes que no pude distinguir de que eran. Estuvo mezclando sus componentes y se dispuso a inyectármelo mientras los dos enfermeros me agarraban para que no ofreciera resistencia. Me pinchó en el brazo aún con la camisa puesta y me dolió bastante. Grité de impotencia. Luego empecé a adormecerme casi de inmediato. Poco a poco mi cuerpo caía en un letargoso sueño. Me dejaron amarrado y salieron de la celda, cerrándola fuertemente. Poco a poco me iba durmiendo, con la pena de no saber qué me estaba pasando. Mientras intentaba a duras penas mantener los ojos abiertos, vi cómo permanecían mirándome la joven que para mi había sido Laura junto al informático que creía que era David. Pude verles cómo reían y se abrazaban. Les escuché un leve comentario.

—Ahora ya podemos estar tranquilo, todo ha pasado, la maldición se ha consumado —le dijo él a ella.

No entendía nada, no atinaba a interpretar aquellas palabras. Todo había sido una conspiración contra mi pero por qué motivo. ¿Habría matado yo a toda aquella gente? Poco a poco me adormecía y extrañamente no iba sintiendo dolor. Ahora, al menos, estaba descansando.

— *FIN* —

BIOGRAFÍA DEL AUTOR

J. David Mendoza Álvarez, nacido en 1976 en Sevilla, Guardia Civil de profesión, se trasladó a la localidad sevillana de Utrera, donde ha vivido gran parte de su juventud, tiempo que le ha permitido conocer, experimentar y elaborar una larga lista de obras que engloba desde el dibujo artístico, el óleo, cómic, diseño informático, escultura y literatura.

Desde 1990 ha sido publicado en numerosas ocasiones a nivel local, colaborando en numerosas revistas con relatos cortos, y poesías, entre las que destacan las polifacéticas *"Cabaret Voltaire"* y *"Vía Marciala"*, y en varios libros de cuentos infantiles como ilustrador, así como en televisión local realizando varios guiones infantiles.

Entre los años 1993 y 1994 colaboró como ilustrador en la colección *"Los niños cuentan cuentos de niños"*, volúmenes X (*"Cuentos y coplas"*) y XI (*"Mosaico de letras"*) en la localidad sevillana de Los Palacios y Villafranca.

En 1995 publicó su primer cómic-book de título *"Menda Mendoza y Dabú"*, un ejemplo de cómo utilizar la tinta negra y sus efectos frente al mudo papel blanco.

En el año 2004 se licenció en Historia por la Facultad de Geografía e Historia, especializándose en prehistoria y arqueología, realizando novedosas aportaciones en yacimientos tan ilustres como las Ruinas Itálicas o la Iglesia del Divino Salvador en Sevilla. Sus estudios le han servido para ubicar, dotar y reseñar a sus personajes con un trasfondo histórico muy particular.

Durante toda esta etapa, colabora en el mundo artístico a través de sus exposiciones de cuadros al óleo y colaborando documentando e ilustrando varios anuncios para la televisión local.

Comparte su vida laboral con la deportiva, en la que ostenta numerosos títulos y grados de las distintas artes marciales que ha practicado, entre ellas, el II Dan de Nihón Tai Jitsu por la A.D.S.-C.A.L., II Dan de Jiu Jitsu por la A.D.S.-C.A.L., II Dan de Hapkido por la A.D.S.-C.A.L., I Dan de Ju Jitsu por A.D.O., I Dan de Tai Jitsu-Defensa Personal por A.D.O., I Dan de Full Contact por A.D.S.-C.A.L., cinturón Marrón de Nihón Tai Jitsu por S.U.S.K.A., cinturón Marrón de Nihón Tai Jitsu por F.E.A.M., cinturón Marrón de Aikido por A.D.O., cinturón Marrón de Judo por A.D.O., cinturón Verde de Karate Shotokan por F.E.K.-F.A.K., cinturón verde de Defensa Personal Policial por F.E.L.D.A. y F.A.L.M.A., así como ha realizado numerosos cursos de Defensa Personal Operativa, Krav Maga o Capoeira, y conocimientos de Fútbol en el que trabajó como coordinador de los escalafones inferiores del Utrera C.F. así como de coordinador de ligas locales y árbitro local. También es aficionado al esquí, aprovechando los inviernos nevados para esquiar en Granada, sobre todo. Todo ello es compartido con su vida artística en la que ha elaborado desde entonces numerosos ensayos, poesías, relatos cortos diversos y varias novelas en proceso de publicación, tratando temas tan diversos como Historia, Política, Ciencia Ficción, Artes Marciales, Bellas Artes, lo Sobrenatural, Filosofía, Psicología, hasta llegar a lo cómico y absurdo que descubre mientras viaja por toda la geografía española en un intento de búsqueda de sí mismo.

Entre los años 2003 y 2004 crea la revista deportiva *"Coca de la Piñera"*, financiada por A.D.S.-C.A.L., en la que destaca todos los eventos deportivos de aquellos años a nivel local.

En el 2006 comienza la Licenciatura de Psicología a través de la UNED en el Centro Asociado de Baleares, y a lo largo de la carrera de su vida muestra constantemente en sus obras nexos entre la historia, su pasión, y la psicología, su obsesión, junto a la filosofía de la que intenta dotar a sus personajes, debatiéndolos siempre entre el bien y el mal, entre lo justo e injusto o entre la vida y la muerte.

A principios del 2007 publica la obra de Relatos Cortos *"Microhistorias"*, en la editorial Deauno.com, título acorde con las aventuras de los personajes.

De la misma forma elabora una nueva obra denominada *"Relatos Gráficos"* basada en su totalidad en el cómic con historias psicológicas en una atmósfera que engloba únicamente el blanco y negro y todo el misterio que ello conlleva. También escribe una magna obra dedicada por completo a las Artes Marciales a las que tanto tiempo dedica. Actualmente trabaja en numerosos proyectos entre los que se encuentra un nuevo libro de poesías titulas *"Historias de una rosa de papel"* y una novela de suspense psicológico que pronto verán la luz.

Asimiló el Pseudónimo de Lucky allá por los años noventa y decide encarnarlo en el personaje protagonista de la mayoría de sus historias en el que entre líneas se describe psíquica y físicamente.

Para contactar con él, su correo electrónico es el siguiente: luckyman76@hotmail.com.

ÍNDICE